KB252547

옥수동 타이거스

제1회
한국경제
청년신춘문예
당선작

옥수동 타이거스

최지운 장편소설

민음사

차례

외전(外傳) 끝나지 않은 이야기

※ 일러두기

이 소설에 등장하는 여러 학교명과 지명은 실제와 다소 차이가 있습니다. 특히 '용공고'와 '서당동', '중앙외고', '매봉방송고', '옥수동 뉴타운' 등은 철저히 작가의 상상에 의해 만들어진 허구임을 밝히는 바입니다.

1 이야기의 시작

누군가가 당신에게 이렇게 묻는다.

"오호장군을 아시나요?"

이때 꿀 먹은 벙어리처럼 눈만 껌뻑거리고 있다면 상대방은 필시,

"『삼국지』도 안 읽어 보셨나 봐요? 요즘은 초등학생들도 다 읽는 책인데."

하며 당신을 무시할지도 모른다. 속으로 교양이 부족한 사람이라고 비웃으면서. 그렇다고,

"3세기 초 중국 삼국시대에 한중왕(漢中王) 유비(劉備) 휘하에 있던 다섯 명의 용맹스러운 장수들을 일컫는 말입니다. 관우(關羽), 장비(張飛), 조운(趙雲), 황충(黃忠), 마초(馬超)가 그들이

지요."

라고 한껏 유식함을 뽐내도 금호동과 옥수동, 신당동과 서당동을 아우르는 매봉산 일대에서는 통하지 않을 얘기다. 참여 정부 말부터 MB 정부 초까지 이 일대 고등학교에서 학창 시절을 보낸 사람들이라면,

"용공고에서 싸움을 가장 잘했던 다섯 명이 뭉쳐 결성한 서클입니다. 성혁, 재덕, 규태, 지선, 현승이 그들이지요."

라고 이구동성으로 대답할 것이다.

오호장군은 고등학교 재학 기간 동안 자신들의 이름을 매봉산 인근에 널리 퍼뜨렸다. 하지만 2008년 가을에 전격적으로 단행된 용공고 폐교로 매봉산을 떠나게 되면서 그들의 명성은 사라진다. 그리고 몇 년 뒤 용공고 자리엔 매봉방송고라는 특성화고가 들어서고 그 학교 방송영상과 학생들이 서울 청소년단편영화제에서 오호장군을 주인공으로 한 단편영화를 출품하여 수상의 영광을 차지한다.

한편 이 무렵 문학계엔 혜성같이 등장해 순식간에 '주목해야 할 한국의 차세대 작가'라는 수식어를 얻은 젊은 소설가가 자신의 학창 시절을 바탕으로 한 수필집을 출간한다. 그는 매봉산과 나란히 붙은 금호산에 위치한 수철정보고를 졸업하였다. 그 책에서 작가는 상당한 지면을 할애해 오호장군의 활약상을 언급한다. 자신의 학창 시절을 회고하면서 바로 이웃

학교의 전설적인 폭력 서클에 대해 얘기하지 않을 수 없었던 것이다. 수필집은 출간 직후 여러 대형 서점에서 베스트셀러 1위에 오르는 기염을 토했다. 이로써 오호장군의 전설은 매봉산을 뛰어넘어 전국적으로 알려지게 되었다. 더구나 오호장군으로 언급된 멤버들은 다들 화려한 스포트라이트를 받는 중이었다. 극장가에 엄청난 흥행 돌풍을 불러일으키고 있는 모 영화에서 주인공을 맡은 꽃미남 액션배우, 베를린 영화제에서 여주조연상을 수상하며 한국 영화계의 주목과 찬사를 한 몸에 받고 있는 여배우, 한국 최대 이동통신사가 운영하는 프로게임단에서 맹활약 중인 프로게이머, 3년 만에 전국 30여 개의 대형 체인점으로 횟집을 성장시킨 젊은 사장, 지난해 세계에서 가장 권위 있는 그랑프리에 출전해 우승컵을 손에 넣은 모 카레이싱 팀 정비 팀장. 이들이 수필집과 단편영화에서 언급된 용공고 오호장군의 실제 멤버였다는 사실은 세간의 화제를 불러 모았다. 한동안 용공고와 오호장군이 인터넷 검색어 상위권에 랭크될 정도였다.

이 책은 바로 이들, 오호장군에 관한 이야기다. 작가 J씨의 수필집과 매봉방송고 방송영상과 학생들이 제작한 단편영화에 나왔던 그들의 이야기를 여기서 보다 본격적으로 다루고자 한다. 오호장군에 대한 자료를 조사하면서 수필집과 단편영화를 통해 드러나지 않은 이야기가 너무나도 많다는 걸 알게 됐고 그걸 독자 여러분들께 전달하고 싶은 욕심이 들었다.

이 책을 집필하는 데 작가 J씨의 수필집과 매봉방송고 방송영상과 학생들의 단편영화를 많이 참고하였다. 그러나 이외에도 오호장군 주변 인물들을 탐문하며 인터뷰했고 당시를 기억하는 수많은 기록과 기사 들도 살펴보았다.

나를 아는 지인들은 내가 이 책을 쓴다고 했을 때 하나같이 그만둘 것을 종용하였다. 아무리 좋은 해석을 붙여도 그들은 학교 폭력 서클의 멤버에 불과하며 책을 쓰는 일은 그런 그들을 미화한다는 오해를 받을 소지가 충분하다는 것이었다. 하지만 그들 역시 또래와 마찬가지로 질풍노도의 사춘기를 보낸 평범한 청소년들에 불과하였다. 그들도 학교를 다니며 꿈을 키우고 미래를 그렸다. 어느 전설적인 폭력 서클의 일탈이나 만행을 듣는다는 편견보다는 평범한 고딩들의 일기장을 몰래 들여다본다는 기분으로 이 책을 읽어 주셨으면 좋겠다. 그럼 지금부터 그들의 이야기를 시작한다.

여러분은 2008년을 어떻게 기억하십니까?

MB 정부의 쇠고기 수입 조치에 항거하고자 온 국민이 광화문과 시청에 모여 수입 반대와 전면 재협상을 부르짖으며 대대적인 촛불집회를 벌였던 해로 기억하십니까? 원유 가격과 물가 폭등, 주가 폭락 등으로 온 국민이 허리띠를 졸라매며 무진장 고생했던 해로 기억하십니까? 아니면 일본이 독도는 자기 땅이라는 걸 교과서에 당당히 실어 온 나라에 때 아닌 독도 사랑 열풍이 불었던 해로 기억하시는지요?

금강산 관광객 피살 사건, 고소영·강부자 내각 등장, 우리나라 최초의 교육감 선거, 신구 섹시퀸 엄정화와 이효리의 가요계 맞대결, 한국 수영 간판스타 박태환의 2008 베이징 올림픽 금메달 획득…….
이밖에도 2008년을 기억할 수 있는 것들은 참으로 많습니다.

그러나 전 이렇게 기억합니다. 용공고가 폐교되면서 오호장군이 매봉산을 떠나던 해였다고 말입니다. 제가 왜 그리도 그들의 퇴장을 아쉬워했는지는 제 수필집 143쪽부터 차근차근 읽어 봐 주시기 바랍니다. 전 비록 그들과 학교는 달랐지만 오호장군의 열렬한 팬이었습니다.

–라디오 모 시사 프로그램에 출연한 소설가 J씨의 멘트에서

2 빅 매치

마침내 빅 매치가 성사되었다.

2008년 4월 마지막 주 월요일 저녁에 응봉근린공원 특설
무대에서 펼쳐지는 용공고 오호장군과 중앙외고 캡틴파이브
의 마지막 대결!

두 학교 학생들은 물론 인근의 수철정보고와 남소고, 신당
고와 광희공고에서 싸움 좀 한다는 녀석들은 일제히 두 라이
벌의 마지막 대결에 큰 관심을 보이며 그날이 오기만을 손꼽
아 기다렸다.

오호장군과 캡틴파이브는 매봉산 자락에 나란히 자리한
두 학교의 대표적인 폭력 서클이다. 사실 이들은 이미 수십
차례 맞붙어 승패를 나눠 가졌다. 굳이 전적을 매겨 보자면

승이 많은 쪽은 오호장군이었다.

통산 전적 11승 1무 1패

압도적이라고 말할 수 있을 정도로 캡틴파이브를 만난 오호장군은 기세등등했다. 하지만 캡틴파이브도 오호장군을 만날 때만 그런 굴욕을 맛보았을 뿐 다른 서클들과 붙었을 때는 반대로 그들을 묵사발로 만들어 버렸다. 당시 매봉산을 포위하듯 산 아래에 다닥다닥 붙어 있는 옥수동과 금호동, 신당동과 서당동에 자리한 여러 학교에서는 싸움 좀 한다는 녀석들이 우후죽순으로 서클을 만들었다. 그들을 열거하면 다음과 같다.

용공고-오호장군

중앙외고-캡틴파이브

광희공고-독수리 오형제

신당여실-아마조네스

남소고-활화산

신당고-신당동 시한폭탄

수철정보고-삼총사(2008년 이전까지는 달타냥과 삼총사였다.)

이들은 매봉산 일대 최고의 폭력 서클이라는 타이틀을 놓고 빈번히 다투었다. 참여 정부 말부터 시작된 이러한 혼란은 MB정부 초에 들어서야 겨우 가라앉았다. 캡틴파이브는 이들 서클 중에서 만년 이인자였다. 왕좌의 자리는 언제나 그들을 때려눕히는 오호장군의 것이었다.

뒤를 봐주는 오호장군이 있어 용공고 학생들은 다른 학교 짱과 그 패거리로부터 안전했다. 덕분에 그들은 늘 여러 학교 학생들로 북적거리는 장충단공원 안 인라인스케이트장이나 신당동 떡볶이 골목을 편안히 활보할 수 있었다. 응봉근린공원이나 달맞이공원, 팔각정 등에서도 제집 마당인 양 맘껏 놀고 떠들었다. 그러나 오호장군과 같은 학교 학생이라 좋았던 점은 따로 있었다.

머리에 똥만 차서 허구한 날 말썽만 일으키는 천한 공돌이들

적어도 오호장군이 보는 앞에서는 이런 모욕을 당하지 않았던 것인데, 만약 그랬다가는 어느새 오호장군이 출동해 손가락질하고 욕한 놈들의 머리통을 사정없이 날려 버렸다. 오호장군은 자기네 학교와 학생을 무시하는 놈들을 절대 용서하는 법이 없었다. 그들은 자신들이 공돌이가 아니라 공업고등학교 학생이라는 것을 주먹으로 증명해 보였다. 이것이야말

로 그들이 서클을 만든 결정적인 이유였다.

오호장군만 만나면 기를 못 펴는 캡틴파이브가 지난달 '버티고개 참변'의 악몽이 채 사라지기도 전에 다시 도전장을 들이민 이유는 이번엔 반드시 그들을 이길 수 있다는 자신감의 발로에서는 아니었다. 서울시 교육청의 하명을 받고도 8개월 동안이나 끌었던 용공고 폐교가 마침내 올여름을 넘기지 않아 단행될지도 모른다는 소문이 나돌았기 때문이다. 용공고가 없어지면 자신들을 넘버 투로 내몰았던 오호장군은 매봉산을 떠나 뿔뿔이 흩어져야 한다. 그럼 매봉산의 왕좌는 자연스레 캡틴파이브에게 돌아올 것이다. 하지만 대한민국의 선택받은 5퍼센트라 자부하던 캡틴파이브는 최고의 자리를 어부지리로 얻고 싶지는 않았다. 그건 자존심이 허락하지 않는 일이었다.

오호장군, 반드시 너희를 우리 발밑에 무릎 꿇게 만들어 주마. 오호장군이 너희에게 걸맞지 않은 과분한 이름이었음을 매봉산을 떠나기 전에 똑똑히 알려 주겠다.

용공고가 폐교될 거라는 소문은 캡틴파이브에게 더 이상 오호장군과 최고를 놓고 맞붙을 수 없다는 허전함을 준 한편 마지막 승부만큼은 기필코 승리하겠다는 의지를 불태우게 만들었다.

 학교가 폐교된다는 흉흉한 소문에도 불구하고 2008년 신학기가 시작되면서 오호장군을 비롯한 용공고 학생들은 모두 한 학년씩 올라갔다. 오호장군 다섯 명 역시 3학년 졸업반이 되었다. 새 학기가 시작되었어도 한동안은 예전과 다름없이 똑같은, 그래서 지루하기 짝이 없는 학교 생활이 이어졌다. 그러다 3월의 마지막 날이 찾아왔다. 이날도 오호장군은 다들 각자의 교실에서 밀린 잠을 보충하며 오전 자율 학습 시간을 보내고 있었다.

 오호장군 리더 성혁의 토목건축과 교실 근처가 갑자기 소란스러워졌다. 이내 토목건축과 교실 가득 요란한 문소리가 울렸고 보무당당하게 캡틴파이브가 들어왔다. 성혁이 잠에서 깼을 때는 어느새 캡틴파이브 리더 제롬이 자신의 코앞까지 다가와 있는 상황이었다. 성혁으로서는 전혀 예상치 못한 기습이었다. 오호장군이 매봉산 일대의 여러 서클들을 평정한 뒤로 오늘처럼 이렇게 겁 없이 들이대는 경우는 처음이었다. 더구나 중앙외고에서는 0교시 수업이 한창인 시간이었다.

 '이 새끼들, 수업도 째고 덤비러 온 거야? 수업은 칼같이 챙기던 놈들인데 이런 기습을 하다니. 내가 너무 방심했나?'

 때늦은 후회를 했을 때는 이미 캡틴파이브가 성혁의 주위를 빙 둘러싸고 있었다. 성혁은 녀석들에게 다구리를 당할 거라고 생각했다. 뒤늦게야 캡틴파이브의 기습을 알고 무기를 챙겨 토목건축과 교실로 달려가던 현승, 재덕, 규태, 지선도 마찬가지였다. 그러나 캡틴파이브는 싸우려고 찾아온 것이 아니었다. 그들은 선전포고를 날렸다.

"한판 붙자."

"버티고개에서 얻어터진 입술은 좀 괜찮냐? 귀찮으니까 오늘은 그냥 조용히 꺼져라."

"곧 여길 뜬다며?"

"뜨는지 안 뜨는지는 두고 보면 알고."

"위에서 학교 없앤다고 난린데 니들이 별수 있겠냐?"

"개소리 그만하고, 찾아온 용건이 뭐야?"

"니들이 떠난다는데 우리가 가만히 있을 수 없지. 성대한 고별전이라도 치러 줄까 계획 중인데."

"지랄하고 있네."

"지금까지 듣지도 보지도 못한 독기로 덤벼 줄 테니 기대해도 될 거다. 네놈들 떠나기 전에 제대로 한번 꺾어 보고 싶단 말이지."

성혁은 곧 학교가 없어질 거라는 소문 때문에 마음이 뒤숭숭한 상태였다. 그들의 도전도 조용히 물리치고 싶었다. 하지만 제롬은 용공고 폐교가 당연하다는 듯 '고별'이란 말을 꺼냈다. 용공고 학생들도 지난여름과 달리 이번엔 폐교를 막기가 쉽지 않다는 것을 잘 알았다. 그러나 어느 누구도 함부로 학교가 없어진다는 얘기를 입 밖에 내지 않았다. 그래야만 덜 불안하고 덜 괴로웠다. 그런데 제롬은 감히 용공고가 없어진다고 말했다. 성혁에겐 용서할 수 없는 일이었다.

"그래, 한판 뜨자. 이번엔 제대로 아작 낼 테니 단단히 각오하고 덤벼라."

성혁이 제롬의 도전을 받아들임으로써 빅 매치가 성사되었다. 장소는 응봉근린공원, 날짜와 시간은 4월 마지막 주 월요일 저녁 6시였다. 후일 '4차 응봉근린공원 전투'라 불리는 싸움의 서막을 알리는 순간이었다. 남들 눈엔 집단 패싸움에 불과한 것을 두고 이들 서클은 굳이 '전투'라는 표현을 썼다.

마지막이 될지도 모를 오호장군과의 혈투를 위해 그 어느 때보다 강한 의지를 불태우는 캡틴파이브! 학교가 폐교되는데 캡틴파이브가 사는 서당동 주민들의 로비가 강력하게 작용했음을 알고 단단히 화가 난 오호장군! 두 학교는 물론 주변 학교 학생들의 지대한 관심 속에서 4월 마지막 주 월요일을 향한 힘찬 카운트다운이 시작되었다.

오호장군과 캡틴파이브가 4월 마지막 주 월요일에 응봉근린공원에서 또 한 차례 거하게 붙는다는 건 우리 학교 선생님들도 다

아는 사실이었습니다. 하지만 아무도 그들의 싸움을 말릴 생각은 없었습니다. 결국에는 맞붙을 거라는 걸 잘 알았기 때문입니다.

대신 선생님들은 수업이 좀 지루하다 싶으면 학생들의 주위를 환기시키기 위해 짓궂은 질문을 던지곤 했습니다. 국어, 영어, 컴퓨터, 공업 수학 선생님들도 예외가 아니었습니다.

"이번엔 누가 이길 것 같으냐?"

그럼 학생들은 저마다 승패를 놓고 떠들어 댔습니다.

"오호장군요!"

"캡틴파이브요!"

"그래도 역시 전통의 강호 오호장군이 한 수 위 아니겠냐?"

당시 선생님들은 8대 2 정도로 오호장군의 우위를 점쳤습니다. 선생님들에게나 학생들에게나 그들의 대결은 일종의 스포츠 경기와도 같았습니다.

–광희공고 출신 사업가 K씨와의 인터뷰에서

3 매봉산

　서울 한복판에 우뚝 솟은 남산 끝자락에 성동구와 중구를 가르는 매봉산이 자리한다. 그 산 정상에 오호장군이 다니는 용(龍) 공업고등학교가 늠름하게 서 있다. 각각 본관동, 후관동, 실습동이라는 이름이 붙은 세 개의 건물과 100미터 달리기를 하기엔 약간 짧은 운동장이 있는 아담한 학교다. 대신 학교 주위를 아름드리 벚꽃나무가 빙 둘러싸고 있어 봄이면 활짝 피는 벚꽃이 운치를 더해 준다. 용공고 주변뿐만 아니라 매봉산에서는 여기저기서 쉽게 벚꽃들을 볼 수 있다. 그래서 벚꽃이 활짝 피는 봄이면 매봉산을 벚꽃 동산으로 부르기도 하였다.

　서울에서도 비교적 높은 고도를 자랑하는 매봉산 꼭대기

에 자리 잡고 있어 용공고 학생들의 등굣길은 무척이나 험난하다. 매일같이 가파른 비탈길을 끙끙대며 올라야 한다. 그래도 불평하는 학생은 드물었다. 서울 각지의 중학교에서 꼴통 혹은 문제아로 낙인 찍힌 녀석들을 군말 없이 받아 준 유일한 학교였기 때문이다. 혹은 많은 학생들이 학교 아래 산비탈에 들어선 달동네에 살아서일 것이다. 가끔 수재 소리를 듣는 몇몇 학생들은 근처의 남소고나 신당고, 오산고 같은 인문계를 지원하기도 하였다. 하지만 공부에는 열정과 의지보다 부모님의 돈이 더 결정적이라는 것을 깨달은 대다수 학생들은 입학지원서를 군말 없이 용공고에 집어넣었다.

처음부터 그 학교가 '용'이라는 다소 촌스러운 이름이었던 건 아니었다. 개교 당시 이름은 학교가 들어선 동네 이름을 딴 옥수공고였다. 2003년 10회 졸업생들까지만 해도 그들의 교복이나 졸업장에 그 이름이 큼지막하게 박혀 있었다.

옥수공고 설립자는 학교를 매봉산 꼭대기에 세울 생각이 전혀 없었다. 처음엔 아현동에 들어설 아파트 단지 옆에 지을 계획이었다. 그러나 곧 지역 주민들의 격렬한 반대에 부딪히고 말았다. 불량스럽고 말썽 많은 공고생들이 동네에 우글거리면 집값이 떨어진다는 게, 대놓고 말하진 않았지만 주민들의 반대 이유였다. 너무나도 격렬한 반대 시위로 인해 신문에 여러 번 기사화된 덕분에 후일 수학 능력 시험 사회 탐구 영역 문제로 출제되는 영광(?)도 얻었다.

> 8. 다음의 기사를 읽고 설명할 수 있는 현상은 무엇일까?
>
> 아현 1동 주민들은 23일 저녁, 비상대책회의를 열고 지역 내 공업고등학교의 설립을 반대하는 성명서를 발표하였다. 이 자리에서 대책위원장 박 ○○(45세, 자영업) 씨는 설립 예정지 인근에 자리한 초등학교 학생들의 안전이 보장되지 않는 한 교육청의 백지화 발표가 나올 때까지 투쟁을 계속할 것이라고 밝혔다.
>
> 그러나 익명을 요구한 한 지역 주민은,
>
> "공고가 설립된다는 소문이 나돈 뒤로 작년 말까지 가파르게 오르던 집값이 크게 떨어졌다. 서울시 교육청이 주민들의 민감한 사안을 건드린 만큼 절대 타협할 수 없을 것이라고 본다."고 밝혔다.
>
> ① 핌피   ② 바나나 현상   ③ 스프롤 현상
>
> ④ 님비   ⑤ 인구 공동화

설립자는 하는 수 없이 다른 곳을 알아봐야만 하였다. 하지만 어느 동네에도 공고가 들어서는 것을 찬성하는 주민들은 없었다. 반대 이유는 아현동과 다를 바 없었다. 주민들의

반대가 없었던 유일한 동네가 바로 옥수동이었다. 오히려 옥수동 주민들은 옥수공고를 환영하였다. 그들의 자제들은 대부분 가난한 집안 형편과 부족한 학업 실력으로 인해 실업계를 지원할 수밖에 없는 처지였다. 그런데 수철정보고나 광희공고, 신당여실 등 인근 실업계는 그들을 다 수용하기에 시설이나 재정이 충분하지 못한 데다 거리도 멀었다. 자식들의 고교 진학에 큰 애로를 겪고 있던 옥수동 주민들은 바로 옆에 실업계 고등학교가 들어선다는 것이 너무도 반가웠다. 좁은 부지와 달동네에 둘러싸인 환경 등 제반 요건들은 열악하기 그지없었지만 말이다. 옥수공고는 옥수동 주민들의 열렬한 환영을 받으며 1991년 봄 마침내 그 역사를 시작하였다. 그리고 어느새 강산마저 변한다는 10여 년이 훌쩍 흘렀다.

2002년 여름, 옥수동에 큰 변화가 일어났다. 매봉산에 재개발 사업이 시작되면서 옥수공고 오른편 아래 산비탈에 자리했던 빈민가가 사라진 것이다. 대신 그 자리에는 올려다보기도 힘든 고층 아파트들이 줄줄이 들어섰다. 지난 30여 년간 매봉산 자락에 서서 유유히 흐르는 한강과 서울 시가지의 전경을 바라보며 저마다의 성공을 꿈꾸었던 수많은 달동네 사람들이 얼마간의 보상금과 이주비를 손에 쥔 채 속절없이 삶의 터전을 내주었다. 그런 다음 아직 그들의 이웃이 남아 있는 봉천동이나 포이동으로 떠났다. 일부 사람들은 남아서 격렬히 저항해 보기도 하였지만 지친 그들의 몸과 마음에 닿는 건 진압경찰들의 육중한 몽둥이뿐이었다. 옥수동 빈민들을 옹호하는 일부 시민 단체에도 여론과 언론의 무관심이라는 무형의 철퇴가 떨어졌다.

새로 들어선 고급 아파트 단지에는 남산빌리지라는 이름이 붙었다. 곧이어 그곳에는 고급 외제 승용차를 몰고 다니는 사장이나 검사, 의원이나 교수들이 입주하였다. 그들은 성도 다르고 고향도 다르며 학벌도 제각각이었지만,

대한민국 상위 5퍼센트의 부유층

이라는 명분으로 똘똘 뭉쳐 서울시에 소청 운동을 벌였다. 갑작스러운 인구 유입으로 인한 폭발적 주민 증가로 현재 행정구역인 옥수 1동에서는 자신들의 민원이나 행정을 효율적으로 처리해 줄 수 없으니 따로 행정구역을 편성해 달라는 것이었다. 얼핏 일리 있는 말처럼 들리나 그들이 단지 이런 이유로 옥수동에서 떨어져 나오고 싶어 했던 건 아니었다.

옥수동은 지난 반세기 동안 가난과 빈곤의 상징적 장소로 자리매김하던 곳이었다. 남산빌리지가 들어서기 불과 2년 전만 하더라도 그곳은 대한민국 상위 5퍼센트가 아닌 하위 5퍼센트가 옹기종기 모여 살던 달동네였다. 주민들은 새로 입주

한 동네의 부끄러운 과거를 말끔히 지우고 싶었다. 추후 아파트 가격 상승을 노린 점도 있었다. 그러기 위해선 일단 동네 이름부터 바꿀 필요가 있었다. 옥수공고를 경계로 매봉산 왼편에는 용케 재개발의 칼바람을 피해 예전처럼 낡고 허름한 집에서 고단한 하루를 보내는 주민들이 살고 있었다.

"그런 부류와 섞일 필요 없이 우리만 옥수동에서 떨어져 나오면 되는 거야."

어불성설 같은 말이었지만 단지에 입주한 주민들 대다수는 부유층이었고 개중에는 정계에 큰 영향력을 끼치는 의원이나 공직자 들도 많았다. 그들의 요구는 별 문제없이 일사천리로 받아들여졌다. 졸지에 옥수 1동 행정구역은 응봉근린공원을 경계로 두 동강 나고 말았다. 이제 남산빌리지와 그 주변 일대의 새로운 행정 주소는 성동구 옥수 1동이 아니라 중구 서당동이었다. 서당동은 서울에서 가장 작은 동으로 기록되었다.

용공고의 암울한 미래는 남산빌리지와 도로 하나를 사이에 두고 찰싹 붙어 있다는 것에서 시작되었다. 남산빌리지로 통하는 무지개 아치교 아래에 있는 보도는 용공고 학생들이 아침마다 드나드는 통학 길과도 같았다. 용공고 학생들 대부분은 하루의 반은 옥수동 주민으로, 나머지 반은 서당동 학생으로 살아갔다.

21세기를 맞이함과 동시에 매봉산에 밀어닥친 재개발 사업으로 저와 가족들은 20년 동안 살았던 매봉산을 떠나야 했습니다. 그리고 저의 옛집은 중앙외고 운동장의 모래밭으로 바뀌었습니다. 가끔 사는 게 너무 힘들어 추억에 잠기고 싶을 때면 한밤중에 몰래 그곳을 찾아갑니다. 그러고는 제 방이었던 자리에 눕습니다. 그곳에서 밤하늘의 별을 바라봅니다. 고작 한두 개밖에 보이진 않지만 그 별들은 제 마음속에서 잠시나마 반짝반짝 빛납니다.

봄이면 벚꽃과 개나리가 서로 어울려 흐드러지게 피고

여름이면 매미들이 한밤중에 시끄러운 합창을 하며

가을에는 저 멀리 도봉산과 수락산의 단풍 소식을 제일 먼저 확인하다

겨울이면 판자때기 하나에 몸을 싣고 산비탈을 내려오며 썰매 타기를 즐겼던 매봉산은 이제 제 마음속에만 있습니다.

-익명을 요구한 옛 옥수동 주민과의 인터뷰에서

4 오호장군

용공고 학생들 중 싸움을 특히 잘하던 다섯 녀석들이 모여 결성한 서클이 바로 오호장군이었다. 맨 처음 그렇게 부른 사람이 누구인지는 지금도 알려져 있지 않다. 그러나 이 호칭은 금방 그들의 이름이 되었다. 오호장군 멤버들도 '호랑이같이 용맹한 다섯 장수'라는 뜻을 안 후론 스스로 자신들을 이렇게 불렀다.

다른 학교였다면 짱 자리를 놓고 다섯 명 사이에서 치열한 다툼이 벌어졌을 것이다. 하지만 이들에게 그런 일은 벌어지지 않았다. 대신 녀석들은 똘똘 뭉쳐 인근 학교에서 싸움 좀 한다는 녀석들을 하나둘씩 소탕했다. 불과 1년 만에 광희공고와 신당여실을 시작으로 신당고와 남소고, 수철정보고에서

한 주먹 한다는 녀석들을 모조리 그들의 발밑에 무릎 꿇게
만들었다.

　오호장군이 결성되기 전만 해도 매봉산 일대 여러 고등학
교에서 싸움으로 가장 유명한 서클은 광희공고의 독수리 오
형제였다. 그리고 바로 옆에 자리한 신당여실의 아마조네스가
독수리 오형제의 비호 아래 서열 2위를 마크하였다. 그러나
2006년 어느 여름밤, 역사는 바뀌고 말았다. 한국 축구 대표
팀이 머나먼 독일에서 토고를 꺾고 월드컵 예선에서 첫 승을
거두자 온 국민이 기뻐 날뛰며 광란의 밤을 보내던 날이었다.

　아마조네스는 당시 막 결성된 오호장군의 도전을 순순히
받아들였고 두 서클은 광희문에서 동대문운동장으로 이어지
는 2차선 도로에서 한판 큰 싸움을 벌였다. 이 소식을 접하
고도 구경할 가치조차 없다고 여긴 여러 서클들은 모두 아마
조네스의 승리를 예상하며 현장에 가지 않았다. 평소 주목되
는 싸움이 벌어진다는 소식을 접하면 한걸음에 달려가 관전
하는 그들이었다. 그래서 더욱 다음 날 들려온 뜻밖의 결과는
그들에게 큰 충격으로 다가왔다.

　비극적 결말의 주인공은 오호장군이 아니라 아마조네스였
다. 얼마나 심하게 두들겨 맞았으면 그녀들 머리에서 뿜어져
나온 피가 광희문 석벽에까지 튀었다고 했다. 그래서 중구청
문화재관리국 직원들이 한여름의 땡볕 아래 하루 종일 석벽

에 달라붙어 그 피를 닦아 내느라 무진장 고생했다는 후일담이 들려올 정도였다. 모 직원은

"이놈의 새끼들, 어디 잡히기만 해 봐라. 다 죽여 버릴 테니까."

하고 시종일관 육두문자를 날렸다고 한다.

독수리 오형제가 뒤를 봐주기는 하였지만 아마조네스는 가녀린 여학생들로 이루어진 서클이었다고는 믿어지지 않을 정도로 싸움 앞에서 무자비하였다. 청초하고 앳된 10대 여고생의 가면을 과감히 벗어던지고 그녀들의 무기인 면도칼과 커터를 상대방 얼굴에 위협하며 실력 있는 이인자임을 과시하였다. 신당고의 신당동 시한폭탄이나 수철정보고 삼총사, 남소고의 활화산도 아마조네스 앞에서는 일단 한 수 접고 들어갔다. 그런 그녀들이 뒷날 '광희문 전투', 즉 신당여실과 광희공고에서는 '6월의 개치욕'이라고 불리는 싸움에서 복날 개 잡히듯 얻어맞게 된다.

오호장군의 이름은 단숨에 알려져 인근 고등학교 사이에서 이들을 모르면 간첩이 될 정도였다. 용공고 학생들은 그들의 활약상을 낱낱이 소개하는 블로그를 만들어 관리했다. 조회 수는 매일 세 자리를 기록하였다. MMORPG(다중 온라인 접속 게임)에서 영감을 받은 녀석들은 이런 수치까지 만들어 작성하였다.

	공격	방어	힘	스피드	기술
성혁	91	91	93	92	97
재덕	99	90	100	58	56
규태	95	83	87	89	90
지선	83	92	62	97	86
현승	98	79	92	72	70

우연찮게 블로그에 들어가 이 수치들을 확인한 오호장군은 저마다 한마디씩 하였다.

"내가 몸이 좀 뚱뚱하다고 싸울 때 뒤뚱거리는 줄 아나 본데. 도망가다 나한테 붙잡혀 두들겨 맞은 애들이 얼마나 되는지 알아?"(재덕)

"이렇게 말라 보여도 사실 나 통뼈야. 쌀 한 가마도 문제없이 들 수 있어. 내 힘 수치가 이 정도밖에 안 되는 건 너무 심했다."(지선)

"공중 내려치기 기술이 얼마나 위력적인데 기술력이 지선이나 규태 형보다 낮은 거야?"(현승)

"나 의외로 맷집 좋은데."(규태)

"내 수치는 너무 후하게 준 것 같아."(성혁)

그래도 대체로는 맞는 것 같다고 인정하였다.

광희문 전투를 치르며 일약 다크호스가 된 오호장군은 며칠 뒤 신당동 떡볶이타운에서 독수리 오형제를 꺾으며 마침내 인근 지역의 최고 서클로 등극하였다. 서로 맞붙은 사연은 의외로 아주 사소하였다.

월드컵 한국 축구 대표 팀이 그날 밤 스위스에게 0대 2로 패하면서 본선 진출이 좌절되었던 것인데, 분풀이할 곳이 필요했던 오호장군과 독수리 오형제는 누가 먼저랄 것도 없이 서로에게 전화를 걸었다.

"기분도 더러운데 오늘 그냥 맞짱 뜨자."

"내가 하고 싶었던 소리다. 청구역 공원으로 당장 나와라."

공원에서 시작된 싸움은 점점 커지는가 하더니 급기야 바로 옆 신당동 떡볶이타운으로까지 번지게 되었다.

서로의 주먹이 '붕' 하는 소리를 내며 허공을 가를 때마다 상대방의 이빨과 핏방울이 공중에 난무하였다. 살과 살이 둔탁한 소리를 내며 맞부딪칠 때마다 여기저기서 외마디 비명이 새어 나왔고 그럴 때마다 구경꾼들 사이에서는 짧은 신음 소리가 터졌다. 다리가 부러져 엉금엉금 기어 도망가는 녀석의 등짝도 사정없이 쇠 파이프로 내리찍었고 정수리에서 뿜어져 나온 피로 붉게 염색된 머리통에도 회심의 발차기를 날렸다.

경찰차와 구급차의 사이렌 소리가 떡볶이 골목 가득 울릴 때까지 목장갑을 낀 성혁의 360도 회전 발차기는 콤보로 작렬하였고 재덕의 쇠 파이프와 규태의 타이어 렌치, 현승의 큐대와 지선의 T자는 검붉은 피를 잔뜩 묻히며 상대를 패고 또 팼다. 이들의 활약으로 독수리 오형제는 옛 영광을 뒤로 한 채 속절없이 무너져 버렸다.

격렬한 싸움으로 인해 가게 하나가 완전히 박살 났고 인근 지구대의 모든 경찰들이 죄다 떡볶이타운에 동원되어야만 했다. 그들은 싸움의 향방이 오호장군의 대승으로 결정될 무렵 나타나 오호장군과 독수리 오형제를 모두 연행하였다. 두 서클은 이틀간 유치장에 갇혀 지냈다. 각 학교에서는 그들에게 한 달 동안의 유기정학을 내렸다.

이후 용공고 학생들은 이 싸움을 신당동 떡볶이타운의 옛 이름을 따서 '떡촌 대첩'이라고 불렀다. 이제 더 이상 독수리 오형제는 지역의 최강자가 아니었다. 이 지역 일인자는 다름 아닌 왼쪽 가슴에 여의주를 물고 승천하는 용이 그려진 교표가 붙은 연보라색 교복을 입은 다섯 녀석 —지선이는 여자이므로 다섯 녀석이라는 표현은 잘못된 걸까? —오호장군이었다.

이들은 여타 서클들과는 다른 행보를 걸었다. 삥을 뜯지도 않았고 지역 조직폭력배의 스카우트도 단호히 거절하였다. 다른 서클들이 공격해 오거나 용공고 학생들을 괴롭히는 놈들이 나타날 때만 움직였다. 이외에는 다른 학생들과 똑같은 학교생활을 보냈다. 다들 공부에는 별로 관심이 없었으므로 수업은 듣는 둥 마는 둥 잠을 자거나 만화책을 보거나 핸드폰으로 문자질을 하며 딴짓하기에 바빴지만.

"하나를 위한 전부, 전부를 위한 하나!"

연장자인 규태 형의 양보로 오호장군의 리더가 된 성혁이 술자리에서 취임사 비슷하게 한 말이었습니다. 저를 비롯한 나머지 멤버들은 짧지만 강하고 멋진 말이라고 칭찬하였습니다. 그러나 얼마 뒤 소설가 지망생이라는 수철정보고 전교 1등에 의해 이 말이 프랑스 소설가의 작품에 나오다는 것을 알았습니다.

−현재 프로게이머로 활동 중인 전 오호장군의 멤버 J씨와의 인터뷰에서

애당초 저희 서클은 이름 같은 게 없었습니다. 어느 순간부터 학교 친구들이 저희를 보며 오호장군이라고 불렀습니다. 물론 그게 무슨 뜻인지는 아무도 몰랐습니다. 하지만 장군이라고 불러주는 게 기분 좋아 그 이름을 싫어하는 멤버는 없었습니다. 다른 학교 서클 이름보다는 세련되기도 했고요.

시한폭탄이 뭡니까? 활화산은 어떻고요? 다들 촌스럽기 짝이

없지 않습니까?

-현재 모 카레이싱 팀 정비 팀장으로 있는 전 오호장군 멤버

H씨와의 인터뷰에서

5 용공고

옥수공고와 남산빌리지가 자리한 매봉산의 오른편이 옥수 1동에서 갈라져 나와 서당동으로 불리게 되었다는 사실은 이미 언급한 바 있다. 서당동의 탄생 경위는 다음과 같다.

조선 시대, 임진왜란으로 불타 없어질 때까지 이 지역엔 국가의 중요한 인재를 길러 내기 위해 세운 전문 학문 연구 기관인 독서당이 있었다. 강북의 신흥 부르주아 계층으로 대접받는 남산빌리지 아파트 단지 주민들은 자신들의 동네를 강남 대치동과 겨뤄도 손색이 없는 학문의 메카로 만들겠다는 의지를 드러냈다. 그들은 새삼스레 500년 전의 지역 역사를 들먹였다.

졸지에 옥수 1동에서 서당동으로 학교 행정구역이 바뀌어

버린 옥수공고는 더 이상 '옥수'라는 학교명을 쓰는 것이 곤란해져 버렸다. 그렇다고 새로운 동네 이름인 '서당'을 갖다 붙일 수도 없었다. 서당동 주민들은 자신들이 서울시와 투쟁하여 얻은 거룩한 이름을 옥수공고가 사용하는 것에 적극 반대하였다.

주민들은 용공고 학생들을 냉대하였다. 그들이 공고생이라는 것만으로도 이유는 충분하였다. 그들에게 용공고 학생들은 서울 각지에서 모인 문제아이자 꼴통 들이었다. 가장 결정적으로 그들을 무시하고 차별했던 곳이 아파트 단지 내 대형마트였다. 아파트 단지를 지나 등하교하는 학생들은 자연스레 그 마트를 자주 이용했다. 주민들과 마트 사장은 그들의 마트 이용을 달갑게 여기지 않았다.

용공고 학생들은 마트 출입을 제한합니다.

이런 문구가 적힌 종이를 입구에 붙여 놓아 용공고 학생들의 출입을 막기도 하였고 설사 이용을 허락했다고 하더라도 도난을 방지하기 위해 마트 내 한 줄 서기를 강요하였다. 이 외에도 용공고 학생들은 자기 차례가 되면 2인 1조로 들어가 한 바퀴를 돌며 물건을 구매해야 했고 껌이나 사탕 같은 상품들은 투명 비닐을 덮어 놓아 주인을 통해서만 집을 수 있었다. 마트를 함께 이용하는 중앙외고 학생들에게는 당치도 않은 처사를 용공고 학생들에게는 버젓이 자행하였다.

용공고 학생들이 이렇듯 자신들을 무시하고 차별하는 서당동 아파트 단지 주민들을 싫어하는 것은 당연했다. 주민들의 반대와 별개로 용공고 학생들 역시 자신과 다른 족속들이 모여 사는 동네 이름을 학교 이름으로 사용하는 걸 완강히 거부하였다.

선생과 학생 들은 새로운 학교 이름을 정하느라 고심했고 급기야 공모전까지 개최하기에 이르렀다. 의외로 많은 사람들이 이 공모전에 참가하였다.

최강공고

공고 중의 으뜸, 공조 중의 최강을 꿈꾸며

― 김〇〇 (26세, 황학동)

한강공고

한강은 어떠한 역경과 고난의 역사에도 서울의 중심부를 묵묵히 흘렀다. 옥수공고의 학생들은 매일 산꼭대기에서 그런 한강의 정신을 보며 배웠다.

― 박〇〇 (37세, 하왕십리동)

매봉공고

매봉산 정상에 언제나 우뚝 서 있는 이여, 그대 이름은 매봉공고

　— 손○○ (41세, 신당동)

옥수공고 시즌 2

아무리 행정구역이 바뀌어도 옥수공고는 옥수공고다. 우리의 이름을 고수하자!

　— 한○○ (18세, 옥수동)

　이런 이름들이 접수되었으나 새로운 교명으로 결정된 것은 바로 '용(龍)'이었다. 상금 100만 원과 수상 트로피의 영광은 뜻밖에도 이제 막 초등학교를 졸업하고 수철정보고와 같은 재단의 중학교에 입학할 예정인 열세 살의 어린 학생에게 돌아갔다. 그는 시상식에서 용공고라고 작명한 이유를 다음과 같이 설명하였다.

　개천에서 용 났다는 말, 들어 보셨을 겁니다. 이 학교는 가난한 데다 공부도 지지리 못 하면서 맨날 사고 치고 말썽만 피우는 밑바닥 인생을 대표하는 학생들이 들어오는 곳입니다. 하지만 그들이 졸업장을 받으며 학교를 나설 때의 모습은 어땠습니까? 여전

히 문제아였습니까? 아닙니다. 그들은 사회가 진정으로 필요로 하
는 인재들로 탈바꿈해 있었습니다. 비록 작고 보잘것없는, 그래서
개천과도 같은 학교이지만 학생들을 용으로 승천시켰습니다. 저는
당당하게 이 학교를 '용공고'라 부르고 싶습니다.

열세 살 예비 중학생답지 않은 언변이었다. 추후 그는 중학
교를 졸업하고 수철정보고에 들어가 자신의 이름보다 '전교 1
등'이라는 닉네임으로 더 유명해진다. 오호장군과는 동년배였
고 소설가를 꿈꾸는 작가 지망생이었다.

수상 소감을 듣기 전까지만 하더라도 이사회와 선생들은
물론 학생들까지도 '용'이라는 이름에 불만이 많았다. 하지만
전교 1등의 수상 소감을 듣고 나서는 학교의 자랑스러운 역
사에 수긍하며 새로운 이름을 적극 지지했다. 그러나 그건 어
디까지나 용공고인만의 생각이었다. 옥수공고가 되었든 용공
고가 되었든 꼴통 학교라는 사실에는 변함이 없다고 보는 게
대다수의 시각이었다.

서당동 주민들은 동 이름에 걸맞는 학교를 요구하였다. 그
결과 중앙외고라는 명문 사립고가 설립되었다. 이 학교는 타
임머신을 타고 과거로 넘어간 듯한 착각을 불러일으킬 정도
로 중세 유럽의 성을 꼭 닮았다. 벚꽃나무로 둘러싸인 넓은

대지에는 앤티크하면서도 빈티지한 로마네스크 양식의 건물이 '중앙외고'라고 적힌 고딕체 현판을 달고 늠름하게 서 있었다. 불과 3킬로미터밖에 떨어져 있지 않은 용공고와는 비교도 안 되는 위풍당당함이었다. 용공고는 외소한 데다 새빨간 페인트로 칠해진 외벽마저 군데군데 칠이 벗겨져 있어 누가 봐도 낡고 오래된 건물이었다.

신흥 명문고인 중앙외고에는 대치동이나 목동, 분당, 상계동의 여러 명문 사립고나 특목고, 자사고(자립형 사립고등학교) 입학 시험을 통과하지 못한 학생들이 대거 입학하였다. 몇 개월 후에는 바로 옆에 서당중학교도 설립된다. 중앙외고가 중세의 성이었다면 서당중은 최첨단 오피스텔 빌딩이었다. 독일의 유명 건축 디자이너가 설계한 이 중학교는 역 사다리꼴 모양의 기이한 구조에 은색 엘리베이터가 외부에서도 보이는 통유리 창문을 가지고 있었다.

그런데 정작 초등학교는 없어서 주민들의 고귀한 자제들이 저 멀리 신당동이나 금호동까지 위험한 찻길을 뚫으며 통학해야만 했다. 더욱이 그런 곳에서는 그들이 만족할 만한 수준의 영재교육도 하지 않았다. 매봉산 어디에도 넓은 운동장과 교사를 거느릴 초등학교가 들어설 만한 부지는 남아 있지 않았다. 주민들은 단지 바로 옆에 붙어 있는 용공고에 눈독을 들이기 시작하였다.

'그래, 용공고를 없애고 대신 저곳에 우리 애들이 다닐 근사하고 훌륭한 초등학교를 만드는 거야.'

이번에도 서당동을 만드는 데 큰 활약을 한 정·관계 인사들이 대거 움직였다. 새로운 핵심 표밭으로 떠오른 중구 서당동 주민 만여 명을 의식한 지역 정치인들도 한몫 거들었다. 그들은 합심했다.

용공고가 불순한 학생들의 아지트가 되어 주변 학교의 면학 분위기를 해치고 범죄의 온상이 되어 가고 있다. 마땅히 존립을 재고해야 한다.

이것이 그들이 주장하는 용공고가 사라져야 할 이유였다. 서울시처럼 교육청 역시 너무나도 쉽게 서당동 주민들의 손을 들어 주며 폐교 명령을 내렸다. 물론 단도직입적으로 폐교를 지시하지는 않았다. 시간을 줄 테니 이전할 만한 곳을 알아보라고 하였다. 하지만 개교할 때와 마찬가지로 순순히 공고를 받아들이겠다는 주민들은 없었다. 몇 군데 알아보았으나 모두 퇴짜를 놓았다. 용공고에 허락된 곳은 없었다. 그들을 기다리는 운명은 폐교뿐이었다.

6 팔각정
—컵라면이 붇기 전에

이제부터는 여러분들이 궁금해하는 오호장군 멤버들을 차례대로 만나 보도록 하겠다.

먼저 리더인 성혁이다. 그는 토목건축과를 나왔다. 다른 멤버들과 달리 싸울 때 사용하는 무기가 없다. 다만 늘 입는 청색 건빵바지 뒷주머니에 아무렇게나 쑤셔 넣고 다니는 빨간색 코팅 장갑을 양손에 끼는 것만큼은 잊지 않는다.

훤칠한 키에 뚜렷한 이목구비로 오호장군 내에서도 가장 돋보이는 인물이다. 싸움 실력에서도 그를 능가하는 녀석은 없었다. 리더로는 제격이었다. 그러나 리더라고, 싸움을 잘한다고 해서 다른 멤버나 친구들에게 함부로 주먹을 휘두르거나 교내외에서 말썽을 일으킨 적은 한 번도 없었다. 평상시엔 교실 맨 뒷자리에 앉아 수업 시간이건 말건 꾸벅꾸벅 졸기 일 쑤여서 선생님들의 눈살을 찌푸리게 하는 200여 명의 평범한 남학생들 중 하나였다.

준수한 외모 때문에 인근 여학교 학생들의 관심을 한 몸에 받기도 했다. 정문 앞에서 그가 나타나기만을 기다리다가 달려가 데이트를 신청하는 용감한 여고생들도 심심치 않게 있었다. 마음만 먹었다면 여러 여고생들을 번갈아 가며 사귈 수도 있었을 것이다. 그러나 의외로 성혁은 연애에 젬병이었다. 아니 처음부터 관심이 없었다. 그래서 더욱 이런 성혁의 마음을 사로잡으려고 안달하는 여학생들이 많은 것일지도 몰랐다.

뒤이어 소개할 규태와 마찬가지로 성혁도 처음부터 옥수동 달동네 주민은 아니었다. 중학교 2학년 때까지만 하더라도 그는 도곡동에서도 가장 집값이 비쌌던 로얄펠리스에 살았다. 당시 그의 아버지는 회장이 해외 도피를 했다 자진 입국해 전격 구속된 D그룹 계열사의 건설사 대표를 지내고 있었다. 그렇다. 성혁은 남부러울 게 없었던 부잣집 외동 아들이었다. 하지만 짓궂은 운명이 성혁의 인생을 송두리째 뒤흔들어 놓았다.

2004년 초, 계속되는 경기 침체와 수출 악화로 그룹 사정이 어려워지자 회장은 나 몰라라 하며 회사 자금을 횡령하여 미국으로 도피하였고, 그룹 계열사들은 곧 연달아 부도를 맞으며 줄줄이 쓰러졌다. 성혁 아버지의 건설사도 경영 악화로 채권단에 넘어갔다. 청운의 꿈을 안고 입사한 성혁의 아버지가 한평생을 바쳐 키운 회사였다. 그러나 무려 천여 명이나 되는 직원들을 무더기로 거리에 내몰며 속절없이 무너진 후 이를 비관해 어느 한적한 바닷가에서 농약을 마시고 세상을 떠나 버렸다. 지금까지 자신을 믿고 따라 준 가족과 직원들에게 미안하다는 유서를 남기고.

아버지의 갑작스러운 자살로 성혁의 집안은 순식간에 풍비박산이 났다. 아마 이런 일들만 없었다면 그는 지금쯤 아버지의 소원대로 민족사관고에 입학해 SKY를 목표로 열심히 공부하는 모범생이 되어 있었을지도 모른다. 그랬다면 오호장군의 리더로 소개되는 일도 없었을 것이다.

하루아침에 최상류층에서 극빈자로 전락한 성혁과 그의 어머니는 서당동에 절반을 빼앗긴 매봉산으로 이사를 왔다. 중학교를 마친 다음엔 인문계 고등학교 대신 집 근처 용공고로 입학하였다. 용공고 내에서도 경쟁률이 가장 형편없었던 토목건축과를 지원한 탓에 들어가는 데에는 별 어려움이 없었다.

성혁은 그런 별 볼 일 없는 학과에 들어간 게 속상하지 않았다. 자그마한 건설 회사의 말단 사원부터 시작해 후일 사장 자리에까지 오른 아버지를 닮고자 그도 건설 회사에 입사하는 것을 인생의 목표로 정했기 때문이었다. 그는 자신이 도곡동 출신이라는 걸 반 친구들에게 숨기며 묵묵히 옥수동 빈민으로 살아갔다.

자칫 자신을 찾아온 짓궂은 운명에 눌려 비뚤어질 수도 있는 시기였다. 하지만 그는 괴로움과 슬픔에 젖어 방황을 일삼는 잘못을 범하지 않았다. 옥수동에서의 삶은 도곡동과 크게 다르지 않았다. 집이 좀 작고 허름해졌으며, 명문대는커녕 취직이나 제대로 할 수 있을지 의심스러운 실업계로 학교가 바뀌었을 뿐이었다. 오호장군의 리더로 주목받기 전까지만 해도 성혁은 도곡동에서와 마찬가지로 옥수동에서도 있는 듯 없는 듯 조용히 묻혀 지내는 학생들 중 하나에 불과했다. 하지만 운명의 장난은 또다시 그를 가만히 내버려 두지 않았다.

성혁이 용공고에 입학하던 2006년은 매봉산의 패권을 놓고 인근 여러 학교의 짱들이 치열하게 다투던 혼란의 시기였다고 말한 적이 있다. 타 학교 짱들이 용공고 교실이나 실습실에 무단으로 침입해 싸움 좀 한다는 녀석을 두들겨 패는 일이 비일비재했다. 그러한 소란에 괜히 죄 없는 학생들까지 덩달아 얻어터져 병원으로 실려 가는 일이 부지기수였다. 선생들의 지도와 단속도 있었지만 모두 다 부질없었다.

비가 부슬부슬 내리고 날은 습해 괜스레 모든 일이 짜증스럽게 느껴지던 어느 늦은 봄날, 학교 운동장에 서 있던 성혁이 수철정보고의 어떤 녀석이 휘두른 각목에 머리를 맞고 이마를 열 바늘이나 꿰매게 된다. 마침내 잠자고 있던 그의 전투 본능이 발휘되는 순간이었다. 이것이 바로 성혁의 역사적인 첫 싸움, 매봉산 팔각정의 '컵라면이 붇기 전에'였다.

성혁은 병원에서 나오자마자 자신을 팬 녀석이 평소 무리들과 어울려 논다는 팔각정으로 향하였다.

"야, 넌 뭐냐? 형님들 식사하는 중이니까 오늘은 조용히 꺼져라, 씨발 놈아."

"이제 막 컵라면에 물 부은 것 같은데 그거 다 붇기 전에 처리해 줄게. 근데 나한테 얻어터지면 입안이 쓰려서 그거 먹을 수 있을지나 모르겠다, 개새끼야."

성혁은 혼자였고 놈들은 무려 여덟 명이었다. 그런 상황에서 컵라면이 다 붇기도 전에 여덟 명을 모조리 때려눕히겠다고 으름장을 놓는 성혁의 말투는 상대방을 얕잡아 보는 아주 건방진 태도였다. 지체 없이 팔각정 앞에서 8대 1 결투가 벌어졌다. 성혁은 360도 발차기를 두어 번 작렬하였고 스트레이트 콤보 펀치를 셀 수 없이 난사했다.

녀석들은 알지 못했다. 성혁이 도곡동에서 중학교를 다니던 시절, 공부뿐만 아니라 싸움에서도 넘버원이었다는 사실을. 그는 공부밖에 모르는 범생이나 샌님이 아니었다. 순식간에 여덟 명 모두가 성혁의 주위에 널브러졌다. 성혁은 약속대로 자신의 이마에 상처를 남긴 놈이 불은 컵라면을 먹을 수 있도록 아량을 베풀어 주었다. 대신 녀석은 핏물과 콧물과 눈물로 범벅된 컵라면을 성혁이 보는 앞에서 남김없이 먹어야 했다.

이 소식은 여러 짱과 서클에 알려졌고 그는 순식간에 용공고의 짱으로 부상하였다. 곧 용공고에서 짱을 자처하는 녀석들이 그에게 도전장을 내밀었다. 재덕과 현승도 그들 중 하나였다. 팔각정 전투가 끝나고 한 달도 채 지나지 않아 성혁은 재덕과 현승을 일곱 번째 도전자로 만나게 되었다.

"하늘에 태양이 두 개일 수는 없는 법. 오늘 누가 진정한 태양인지 가려보자!"

현승이 며칠 전 만화방에서 빌려 본 무협지의 대사를 중얼거리며 성혁에게 으름장을 놓았다. 이전까지 자신에게 덤비던 놈들은 모조리 때려눕히기 바빴던 성혁은 싸움이 거듭될수록 왜 이렇게 싸워야 하는지 회의가 들었다.

'왜 날 내버려 두지 않는 걸까? 난 그저 나를 지키려고 주먹을 휘두르고 발길질을 날리는 것뿐인데. 학교에서 짱이나 되려던 게 아니었잖아.'

성혁은 재덕과 현승을 쓰러트려 자신의 빵셔틀로 만들기보다는 그들의 친구가 되고 싶었다.

"우리 싸우지 말고 친구 먹자. 그래서 다른 학교 놈들이 쳐

들어와 행패 부리거나 우리 학교를 무시하면 몽땅 혼내 주는 거야, 어때?"

재덕과 현승에게 성혁은 처음 만나는 당혹한 상대였다. 그동안 맞붙었던 놈들은 하나같이 자신들을 제 발밑에 꿇어앉히길 원했지 친구가 되려고 하지는 않았다. 성혁은 그들에게 단 한 번도 주먹을 날리지 않았다. 하지만 재덕과 현승은 이미 머리와 가슴에 성혁의 강한 주먹을 한 방씩 얻어맞은 느낌이었다.

승패는 이미 기울었다. 그들은 성혁의 제안을 수락하였다. 용공고에서만큼은 짱들의 살벌한 서열 다툼이 사라지는 감격적인 순간이었다. 이후 규태와 지선까지 멤버로 받아들인 성혁은 늘 이들과 함께하였다. 용공고 학생들은 그들을 오호장군이라 불렀고 그것은 그들의 호칭으로 굳어졌다. 본인은 원하지 않았지만 네 멤버는 성혁을 리더로 받들었다.

7 수표교
―공원을 뒤흔드는 호통 소리

재덕은 금속공학과를 다녔다. 훤칠하고 잘생겨서 이따끔 행당여고나 명동여고 여학생들과 소개팅을 하면 인기를 독점하는 성혁과 달리 그는 160센티미터가 될까 말까 한 작은 키에 배가 불룩 나오고 살이 뒤룩뒤룩 찐 전형적인 돼지였다. 이마 왼편에는 동전 크기만 한 점이 박혀 있으며 용공고 재학 당시에는 여드름이 얼굴 전체를 덮고 있어 누가 봐도 밉상이었다. 당연히 소개팅에 성공한 적도 없다. 그러나 놀랍게도 그에게는 여자 친구가 있어서 솔로인 성혁과 현승의 부러움을 샀다. 재덕의 러브 스토리는 기회가 된다면 따로 지면을 할애해 자세히 소개하도록 하겠다.

외모만 놓고 보자면 재덕과 성혁은 상극이라 할 만하다. 그러나 그들은 각종 싸움에서 환상의 콤비 플레이를 선보이며 상대를 제압했다. 상대의 발차기가 날아오면 재덕이 직경 35밀리미터 배관용 쇠 파이프로 막아 낸다. 그런 다음 바로 성혁이 공중에 몸을 날려 그의 필살기인 360도 발차기를 작렬한다. 그럼 상대는 십중팔구 이를 피하지 못하고 코피를 흘리거나 뒤로 고꾸라지기 일쑤였다. 성혁의 펀치나 발차기가 먹히지 않을 땐 재덕의 쇠 파이프가 활약한다. 상대가 성혁의 공격을 손등이나 어깨로 간신히 막아 내면 숨 쉴 틈 없이 바로 재덕의 쇠 파이프가 공중을 가르며 내려친다. 우두둑 뼈 부러지는 소리와 상대의 외마디 비명을 연이어 듣는 건 예사도 아니었다.

재덕은 태어나서 지금까지 단 한 번도 동네를 떠나 본 적 없는 옥수동 토박이다. 매봉산 왼편에 아직 건재한 달동네에서 늙은 할머니와 어린 두 여동생을 보살피는 소년 가장이기도 하다. 싸움이 없는 날이면 일찍 귀가해 빨래와 설거지, 요리와 청소를 다 해 놓는 만능 주부였고 금남시장 어귀에 노점을 펴 놓으신 할머니의 생선 장사를 돕는 효성 깊은 손자이기도 했다. 유일한 불효라면 공부에 도통 흥미가 없어 할머니의 소원인 대학 진학이 요원해 보인다는 것뿐이었다.

재덕의 아버지는 여러 공사판을 전전하며 일당을 받아 가족의 생계를 책임지는 전형적인 막노동자였다. 수입이 일정

치 않은 데다 성혁의 아버지를 앗아간 경제 한파가 재덕의 아
버지에게도 불어닥쳐 그나마 있던 일감마저 뚝 끊기기 일쑤
였고 그로 인해 식구들 입에 풀칠하기도 어려운 나날이 계속
되었다. 그러다 재덕이 용공고에 입학한 지 며칠 되지 않았을
무렵, 재덕의 아버지는 어느 공사장 15층 높이에서 떨어진 시
멘트 포대에 깔려 비참한 죽음을 맞이하였다. 아무런 준비도
없던 재덕은 졸지에 집안의 가장이 되었다. 재덕의 어머니는
재덕이 겨우 다섯 살 철부지 꼬맹이였을 때, 막내 여동생을
낳고는 집을 나갔다.

재덕은 어머니의 젊었을 적 얼굴밖에 기억하지 못한다. 그
의 기억 속 어머니는 무척 미인이었다. 가끔 재덕은 어머니에
게서 어떻게 자신같이 이런 못생긴 아들이 나왔는지 궁금했
다. 그러다 자신은 어머니의 친아들이 아닐지도 모른다는 생
각도 해 보았다. 지금에 와서 하는 얘기지만 이런 재덕의 상
상은 틀린 게 아니었다. 재덕이 어머니로 아는 사람은 아버지
의 두 번째 부인이었다. 친엄마는 재덕을 낳자마자 돌아가신
탓에 재덕의 기억 속에 전혀 남아 있지 않았다. 아버지는 괜
한 사실을 알려 주어 어린 재덕을 놀라게 하고 싶지 않아 침
묵하였다. 그런 이유로 할머니가 숨을 거두기 직전 병상에서
이 이야기를 들려주기 전까지 재덕은 진실을 모른 채 지냈다.

후일 여러 곳에 체인점을 거느린 대형 횟집 사장으로 성공

한 재덕은 자신과 두 여동생 그리고 할머니를 버린 두 번째 어머니를 용서하기로 마음먹었다. 그러고는 그녀를 다시 모시기 위해 백방으로 수소문을 해 가며 찾아다녔다. 마침내 계시는 곳을 알아내어 찾아간 곳은 일산에 위치한, 고래 등같이 생긴 이 층짜리 전원주택이었다. 재덕의 어머니는 그곳에서 모 그룹 기획본부실 이사로 근무하는 남편과 내년이면 서울에 있는 국제중학교에 입학할 예정인 아들을 둔 사모님으로 살고 있었다. 그녀는 20년 만에 찾아온 아들을 전혀 알아보지 못했다.

"어머, 혹시 '매봉산' 횟집 사장님 아니세요? 텔레비전 광고에서 자주 봤어요. 요 앞 큰길에도 체인점이 생겨 저희 식구들이랑 외식하러 자주 가요. 한창 공부하는 학생들한테 고등어랑 참치가 그렇게 좋다고 해서요. 제 아들이 내년에 그 들어가기 힘들다는 국제중에 들어가거든요, 호호호. 그런데 이 동네에 사셨어요? 3년을 여기 살면서 한 번도 뵌 적이 없네요."

재덕은 침통한 마음을 감추고 억지로 밝은 웃음을 지으며 말을 받았다.

"이 동네에서 꼭 만날 사람이 있어서 찾아왔는데…… 안 계시네요."

어머니 앞에 선 재덕은 자신이 바로 당신이 20년 전에 버린 아들이라고 말하지 못하고 쓸쓸히 돌아서야만 했다. 그러나 눈치없는 사모님은 그의 등 뒤로 또 한 번 야속한 말을 던져 재덕의 가슴을 아프게 하였다.

"요새 이 동네 집값이 무지 오르고 있대요. 조사장님도 한번 알아보세요. 제가 괜찮은 중개업소 알아봐 드릴게요."

그는 힘이 무척 세다. 시멘트 두 포대도 거뜬히 들어 올릴 정도의 괴력을 지녔다. 가끔 성혁을 따라 공사장으로 막일을 나가는 날에는 인부 아저씨들의 사랑을 한 몸에 받았다. 그들이 건네는 막걸리도 성혁보다 한두 잔씩 더 얻어먹었고 감독이 주는 임금도 늘 더 많이 받았다. 이런 날은 재덕의 집에서 노릇노릇 익은 삼겹살 냄새가 풍겨 나와 멀리 성혁의 집 마당까지 흘러 들어왔다. 그럼 성혁은 빙긋 웃으며 공사 감독에게 전화를 걸었다.

"감독님, 내일도 제 친구 데리고 나가도 돼죠?"

감독은 언제나 좋다고 대답하였다.

재덕의 대표적인 싸움이라면, 용공고 학생들 사이에 의견이 분분하지만, 대체로 '장충단공원 전투'로 정리되고는 한다. 전투라는 말이 붙긴 하지만 사실 이건 양측이 시간과 장소와 인원을 약속해 놓고 맞붙은 전형적인 싸움이 아니라 남소고 녀석들이 일방적으로 저지른 기습 공격에 가까웠다.

모처럼 휴일을 맞은 오호장군과 친구들은 장충단공원에 모여 인라인스케이트를 타거나 벤치 이곳저곳에 둘러앉아 술을 마시고 잡담을 나누며 즐거운 시간을 보내고 있었다. 이때 공원 지척에 자리한 남소고의 활화산 멤버와 그 패거리 들이 불시에 들이닥쳤다. 함부로 자신들의 구역에 들어와 멋대로 떠들고 노는 용공고 놈들을 응징하기 위해서였다. 순식간에 공원 안은 아수라장이 되어 버렸다. 더구나 공원 입구에 위치한 신당지구대 경찰들은 당시 바로 옆에 자리한 동국대 학생들의 총학생회 등록금 인상 시위로 인하여 죄다 그곳으로 출동한 상태였다. 아무도 공원에 부는 피바람을 제지할 수 없었다.

술에 취한 오호장군은 자신의 몸도 제대로 가누기 어려울 지경이었지만 남소고 녀석들에게 두들겨 맞는 친구들을 구해 공원 통로 중 하나로 쓰이는 수표교 밖으로 빠져나오는 데 성공하였다. 그러나 오호장군의 홍일점 지선만은 친구의 아기를 구하기 위해 다시 들어간 뒤 여태껏 공원을 빠져나오지 못하였다.

"성혁아, 넌 먼저 다친 애들 데리고 이곳을 떠. 난 여기서 남소고 똘아이들 막고 있다가 지선이 나오면 데리고 갈게."

"부탁한다, 재덕아!"

재덕은 어느새 자신의 무기와 비슷한 쇠 파이프를 구해 비껴 잡고는 수표교 앞에 떡하니 섰다. 용공고 녀석들이 죄다 공원 밖으로 빠져나간 걸 안 활화산과 그 패거리들은 일제히 수표교로 몰려들었다.

"야이, 비열한 새끼들아! 지나가려든 어디 한번 지나가 봐라!"

공원이 떠나갈 듯한 호통 소리에 선뜻 재덕 앞으로 나서는 녀석이 아무도 없었다. 이렇게 한 시간을 대치하는 동안 출동 나갔던 지구대 경찰들이 돌아와 곧장 공원으로 투입되었다. 재덕은 무사히 공원을 빠져나온 지선과 함께 유유히 그곳에서 사라졌다. 하지만 재덕은 다음 날 규태와 현승에게 면박을 받아야 했다.

"병신아, 네가 수표교에서 좀 더 시간을 끌었으면 공원에 꼼짝없이 갇힌 녀석들이 전부 짭새들한테 끌려갔을 거 아냐."

"하하, 그런가? 왜 그 생각은 못 했지?"

웃을 때만큼은 해맑기 그지없는 재덕이었다.

8 대현산배수지공원
— 금호산 아래에서 한 팔이 꺾였네

규태는 자동차과를 다녔다. 2008년 당시 그는 분명 용공고 3학년이었지만 실제 나이는 서른이었다. 당연히 용공고 학생들 중에서 가장 큰형님이었다. 그는 최민수를 닮은 외모와 다부진 근육, 떡 벌어진 어깨로 꽃미남 스타일의 성혁과는 다른 마초적 매력을 발산하며 여학생들로부터 큰 인기를 얻었다. 다소 험악한 인상을 자아내는 왼쪽 이마의 칼자국 흉터만이 그의 매력에 살짝 흠을 낼 뿐이었다.

연애엔 숙맥이었던 성혁과 달리 규태는 자신의 매력을 십분 발휘하여 재학 시절에 교생들과 숱한 스캔들을 일으키고 다녔다. 그녀들과 카페나 공원, 극장 등에서 어울려 다니는 모습이 학생들에게 수차례 목격되고는 하였다. 그런 카사노바가 현재는 한 살 아래 국어 선생의 두 번째 남자가 되었다. 그저 재미로 만나던 과거의 여자들과 달리 규태는 진심으로 그녀를 사랑하였다. 물론 두 사람이 사귄다는 사실을 아는 사람은 용공고 내에서 오호장군 외에 아무도 없었다. 이 사실이 밝혀졌다간 교사와 학생 간의 부적절한 관계라는 지탄을 받을 게 뻔했다. 이로 인해 오호장군의 나머지 멤버들은 규태와 국어 선생의 관계를 철저히 비밀에 부쳤다.

규태가 한참 어린 동생들과 뒤늦은 학창 시절을 보내는 이유는 그의 어두운 과거와 연결되어 있다. 10년 전에 그는 강남의 나이트클럽과 단란주점, 호텔의 대부분을 주름잡던 왕호랑이파의 넘버 쓰리였다. 이전까지 그는 해남 깡촌에서 태어나 중학교 2학년 때 집을 나온 뒤 무작정 상경해 이것저것 안 해 본 것 없는 헐벗고 굶주린 나날을 보냈다. 하지만 주먹 하나만을 믿고 왕호랑이파의 막내로 들어간 뒤론 여러 싸움에 뛰어들어 승승장구하며 드디어 조직의 오른팔이 되는 데 성공하였다. 그에겐 서초구 일대의 알짜배기 업소가 관리 구역으로 하사되었다. 대궐 같은 집에서 매일 밤 또래의 여자 연예인 지망생들과 질펀한 섹스를 즐겼고 고급 외제 승용차를 몰며 드라이브를 즐기거나 자신의 관할구역에 속한 단란주점에 괜찮은 아가씨가 들어오면 하루 종일 그녀를 끼고 술에 취해 지내는 주지육림의 나날을 보냈다.

그러나 이런 규태의 호사는 불과 1년 만에 끝을 맞았다. 검찰의 대대적인 폭력 조직 집중 단속에 의해 두목, 부두독과 함께 검거된 것이다. 그는 폭력 전과 사범으로 낙인찍혀 20대의 대부분을 교도소에서 보내야 했다. 충북에 자리한 자그마한 교도소에서 6년 동안 1313번이란 번호가 붙은 푸른 죄수복을 입고 지내는 동안 그는 지난날의 자신이 얼마나 부끄러운 인생을 살았는지 서서히 깨달았다.

손에 피를 묻혀 가며 아등바등 산 대가로 꿈같이 보낸 1년의 결과는 세 평짜리 방에서 다섯 명의 동기들과 다시 한 번 아등바등 지내는 것이었다. 비록 평범할지라도 떳떳하고 안락한 여생을 보내고 싶었던 그는 지난날의 자신을 버리기로 결심하였다. 교도소 내에서 치른 고입 검정고시를 통과하였고 재소자 갱생 프로그램에도 적극적으로 참여하여 마침내 자동차 2급 정비사 자격증을 취득하였다. 그 자격증을 바탕으로 규태는 출소 후 용공고 자동차과에 특별전형으로 합격하여 늦게나마 고등학교 생활을 시작하였다.

규태는 자신의 소박한 꿈을 향해 조금씩 나아가고 있었다. 졸업 후 결혼을 약속한, 자신의 국어 선생님이기도 한 애인이 있고 졸업장만 따면 정비사로 받아 주겠다는 제의를 한 정비소도 여럿 생겼다. 그에게 용공고는 전과자이자 한때 무시무시한 조직폭력배의 일원이었던 자신의 과거를 묻지 않고 기꺼이 학생으로 받아 준 고마운 곳이었다. 그런 용공고를 무시하고 짓밟는 녀석들을 규태는 도저히 용서할 수 없었다. 그는 오호장군의 멤버가 되어 활약할 때만 어두웠던 시절의 야성을 드러냈다. 스패너가 강줄로 연결된 타이어 렌치를 한 번 휘두르기만 해도 수십 명이 피를 흘리며 여기저기서 쓰러졌다.

그의 대표적인 싸움이라면 금호동 대현산배수지공원에서 벌인 수철정보고 삼총사와의 혈투를 들 수 있겠다. 원래 삼총사의 이름은 달타냥과 삼총사였다. 프랑스 소설 『삼총사』를 원어로 읽을 만큼 해박한 지식을 자랑하던 수철정보고 전교 1등이 서열 1위에게 달타냥이라는 이름을 붙여 주었고 2, 3, 4위를 묶어 삼총사라 불렀다. 그 네 녀석이 매봉산과 나란히 붙은 금호산에서 용공고로 통학하는 학생들을 줄기차게 괴롭히며 삥을 뜯었다. 이에 격분한 오호장군이 더는 참지 못하고 드디어 그들의 아지트, 매봉산에서 금호산으로 연결된 산길을 따라 걷다가 수철정보고에서 곧장 아래로 내려오면 마주하게 되는 금호동 로터리 바로 옆에 자리한 대현산배수지공원으로 들이닥친 것이다.

"야, 우리 애들한테 또 삥 뜯으면 진짜 가만 두지 않을 거라고 했지?"

성혁의 외침과 함께 오호장군은 일제히 달타냥과 삼총사에게 달려들었다. 달타냥과 삼총사에게 있어 본거지에서마저 오호장군에게 짓밟히는 건 죽기보다 싫은 수치였다. 그들은 그 어느 때보다 이를 악물고 덤벼들었다. 특히 넘버원 달타냥은 공중을 붕붕 날아다니며 재덕의 어깨를 탈골시켰으며 지선의 무릎도 절게 만들었다. 하지만 그의 활약은 딱 거기까지였다. 어느새 뒤로 다가온 규태가 외마디 기합과 함께 내리친 타이어 렌치에 머리를 얻어맞은 달타냥은 그대로 의식을 잃고 쓰러져 곧장 병원 응급실로 실려 갔다.

그 뒤로 달타냥을 본 사람은 없었다. 그가 사라지자 별 볼 일 없는 서클로 몰락한 삼총사는 그들의 아지트였던 대현산 배수지공원을 오호장군에게 넘겨주고 금남시장 아래편에 자리한 달맞이공원으로 물러났다. 그 후로는 울적할 때마다 달타냥을 떠올리며 술과 담배로 우울한 나날을 보냈다. 전혀 어울릴 것 같아 보이지 않지만 의외로 이들과 상당히 친한 수철정보고 전교 1등은 사라진 달타냥에 대한 애석함을 이렇게 읊조렸다 한다.

"금호산 아래에서 한 팔이 꺾였구나!"

규태가 오호장군에 합류하고 나서 얼마 뒤, 성혁은 그가 한때 강남의 전설적인 조직 넘버 쓰리에다 자신보다 무려 열 살이나 많은 연장자라는 점을 들어 오호장군의 리더 자리를 넘겨주려 하였다.

"다 늙어서 무슨…… 그냥 네가 해라."

하지만 다른 놈들이 "다 늙어서 무슨⋯⋯."이라고 말하면
그들의 몸은 성치 못했다. 그는 오호장군 멤버들의 든든한 형
이자 오빠였다.

9 장충단공원
—T자가 춤추는 곳마다 길은 열리고

지선은 오호장군의 홍일점으로 기계과를 다녔다. 미모로
는 용공고 150여 명의 여학생 중에서 군계일학이었고 에스라
인을 자랑하는 몸매는 인근 고등학교의 여학생들 중에서도
단연 으뜸이었다. 성혁과 어깨를 나란히 하는 큰 키에 늘씬한
각선미, 찰랑거리는 긴 생머리는 용공고 남학생은 물론 젊은
남자 선생님들의 정신까지 어지럽게 만들기에 충분했다.

지선의 이런 아름다운 모습을 흔히 볼 수 있는 건 아니다.
교실이나 실습실에서 그녀는 굵은 안경으로 고운 얼굴을, 기
름과 얼룩이 덕지덕지 붙은 작업용 앞치마로 에스라인 몸매
와 미끈한 각선미를 가렸다. 더욱이 백옥 같은 손에는 콤팩트
나 손거울 대신 늘 용접 마스크와 토치가 들려 있었다. 그렇

다고 그것들이 지선의 빼어난 외모를 완전히 가려 주는 것은 아니어서, 그녀의 이름이 달린 작업실 선반에는 언제나 주변 학교 남학생들이 보내는 구애의 편지와 선물 들이 잔뜩 쌓여 있었다. 편지는 읽지도 않고 버리는가 하면 선물은 같은 반 친구들에게 나눠 줌으로써 지선은 또래 여학생들로부터의 시기와 질투를 차단할 수 있었다.

그녀는 빼어난 외모와 성숙한 몸매로 용공고에 입학하면서부터 강남의 여러 유명 단란주점에서 일하였다. 3학년이 되어서는 유명 남자 연예인들이나 대기업 간부들도 심심치 않게 들르는 청담동의 고급 요정으로 자리를 옮겼다. 오호장군 멤버들 중에서는 수입이 가장 많았기에 그들의 밥값과 술값과 늘 몇 달씩 밀리는 납부금은 언제나 지선의 몫이었다. 그녀는 불평 한마디 없었다. 그들에게 돈을 쓸 때만 지선은 자신의 직업에 보람을 느꼈다.

잘나가는 고급 요정에서 항상 돈 많은 남자 손님들과 어울렸기에 굳이 고등학교 졸업장 따위에 연연할 필요는 없었다. 당장에 자신과 같이 살자고 들이대는 중년의 경영자나 이름만 대면 알 만한 회사의 사장님을 아버지로 둔 철없는 도련님들도 여럿 있었다. 마음만 먹으면 그들의 달콤한 프러포즈를 받아들여 호의호식하며 살 수 있는 지선이었다. 하지만 그녀는 오직 자신의 몸만 바라보는 저질스러운 구애를 죄다 물리치고 밤늦게까지 손님을 상대하여 피곤한 몸임에도 늘 아침 8시만 되면 매봉산을 올랐다. 그건 오랫동안 지병을 앓다가 돌아가신 어머니와의 약속이었다.

"에휴, 못난 에미가 여태껏 살아서 널 이 모양 이 꼴로 만들었구나. 진작 죽었어야 하는 건데. 그래도 이렇게 된 거 네가 학사모 쓰는 건 보고 죽었으면 좋으련만."

이런 말씀과 함께 병실 한편에서 쓸쓸히 숨을 거두시는 어머니를 본 그녀에게 고등학교 졸업장은 그 무엇보다도 소중한 것이었다. 반드시 받아서 어머니의 무덤가에 올려놓고 싶었다. 그래서 그녀는 용공고 여학생 중 가장 많은 정학과 가장 많은 반성문 제출을 기록했음에도 불구하고 도중에 학교를 그만둔 17퍼센트의 여학생들과 달리 끈덕지게 학교를 다녔다. 재덕과 늘 전교 꼴등을 다투었지만 이 페이스로만 나간다면 적어도 졸업식장에서 자신을 지지리도 싫어하는 노처녀 공업 수학 선생님이 건네는 졸업장을 받을 수 있었다. 유일한 변수가 있다면 올가을까지 용공고를 이전하거나 폐교하라는 교육청의 하명뿐이었다.

외모와 몸매도 뛰어났지만 싸움 또한 매봉산 일대에서 둘째가라면 서러웠다. 오호장군이 출동할 일이 있으면 자신의 주무기인 제도용 T자를 양손에 하나씩 쥐고 그들을 따라나섰다. 치열한 혈전이 벌어지면 매끈한 그녀의 다리에 밴드가

덕지덕지 붙기도 하고 하얗고 고운 얼굴엔 퍼런 멍이 들어 보기 흉한 얼굴로 손님들을 받아야 하기도 했지만 오히려 손님들은 지선이 그런 모습으로 자신들을 맞는 것을 반겼다. 그런 날 지선은 자존심을 버리고 스트립쇼를 벌이거나 근처 모텔로 2차를 나가기도 했기 때문이었다. 매봉산 봉우리보다 더욱 봉긋 솟은 그녀의 젖가슴과 한 손에 감길 정도로 잘록한 허리, 풍만한 히프를 거쳐 우윳빛 허벅지와 매끈한 종아리를 맘껏 쓰다듬을 수 있는 유일한 날이랄까. 지선의 철저한 손님 관리였다.

"어이쿠, 오늘은 우리 암고양이가 또 누구를 할퀴다가 이리 되었나?"

대부분의 손님들은 다쳐서 룸으로 들어오는 지선에게 이런 짓궂은 농담을 던지고는 곧이어 만지게 될 몸을 상상하며 음흉한 미소를 지었다.

앞에서 이미 언급한, 신당여실의 아마조네스가 광희문 앞에서 오호장군에게 얻어터진 광희문 전투는 사실 오호장군의 합작이 아니라 지선의 단독 작품이었다. 자신보다 머리통 하나가 더 큰 남학생들에게도 서슴없이 면도칼과 커터를 휘두르는 무지막지한 스케일의 소녀들이 모인 아마조네스였지만 오호장군이 보기엔 가녀린 여학생들에 불과했다. 남자가 되어 여자들과 싸운다는 건 기사도나 남자의 매너를 따지기

전에 할 짓이 못되었다.

이렇게 오호장군 남자들이 우유부단하게 있을 때 지선은 싱긋 웃으며 달랑 혼자서 아마조네스 앞에 나섰다. 광희문 석벽에 튀었던 피도 지선이 휘두른 T자의 모서리에 찍힌 리더의 이마에서 뿜어져 나온 것이었다. 이 일이 창피했던 아마조네스는 이후에도 계속 지선 한 명에게 당했다고 말하지 않고 오호장군 다섯 명에게 당했다고 떠들어 댔다. 그래서 지금도 이 전투를 떠올리는 대다수의 학생들은 그렇게 알고 있다.

그러나 지선의 대표적인 싸움은 재덕을 소개할 때도 이야기한 '장충단공원 전투'다. 앞서 말한 대로 남소고 활화산과 50명의 패거리들은 모처럼 휴일을 맞아 장충단공원에서 놀고 있던 용공고 학생들을 향해 불시에 기습 공격을 감행하였다. 마침 그날 지선은 이제 겨우 돌이 지난 아기와 함께 모처럼 학교 친구들을 만나러 온 친구와 정답게 술잔을 기울이고 있었다. 지선과 같은 기계과에다 같은 단란주점에서 일하는 친구였다. 현재는 양천구 일대의 작은 폭력 조직에서 행동 대원으로 있는 남자를 만나 가정을 꾸린 상태였다. 다시 학교로 돌아와 졸업장만은 따라고 지선이 한창 친구를 설득할 무렵, 남소고 패거리들이 들이닥쳤다. 흥겨웠던 분위기로 가득했던 공원은 일순간 아수라장으로 변했다. 친구는 아기가 잠들어 있는 유모차를 잃어버린 채 겨우 수표교 밖으로 빠져나올 수 있었다.

"지선아, 어떡해! 우리 아기가 아직 저기에 있어."

울며불며 손가락으로 공원을 가리키는 친구는 발만 동동 굴렀다. 지선은 주저 없이 마침 통학 중이던 어느 동국대생의 스쿠터를 빼앗아 타고 공원 안으로 돌진하였다. 스쿠터가 지나가자 그녀가 휘두른 T자에 얻어맞은 남소고 녀석들이 널브러지며 길이 만들어졌다. 훗날 한 공중파 방송국의 심야 토크쇼에 출연한 동국대 연극과 출신의 남자 톱 탤런트는 그날의 광경을 다음과 같이 묘사하였다.

"오랜만에 학교를 찾았습니다. 저희 학과가 주로 쓰는 문화관 앞 두리터에서 친구들과 커피를 마시며 벚꽃이 흐드러지게 핀 공원을 내려다보고 있었는데 남학생들 한 무리가 스쿠터를 탄 여학생을 토끼 몰듯 에워싸는 거예요. 근데 정작 그 토끼를 잡는 사람은 못 봤어요. 다가가기만 하면 그 여학생의 발길질에 죄다 나가떨어졌거든요. 그런 구경은 정말 처음이었습니다."

30여 분을 헤맨 끝에 지선은 마침내 인라인스케이트장 입구에 쓰러진 유모차에서 자지러지게 울고 있는 친구의 아기

를 발견하였다. 그녀는 아기를 한 손에 안고 남소고 패거리들
이 둘러싼 공원을 뚫고 지나갔다. 그녀의 T자가 춤을 추며 만
드는 길 위엔 봄의 마지막을 알리는 벚꽃들이 비처럼 우수수
떨어지고 있었다.

10 버티고개
― 매봉산의 금큐대

현승이 오호장군의 일원인 것에 대해서는 궁금해하는 분들이 많다. 아마 다른 멤버들과 공통점을 찾아보기 힘들어서일 것이다.

일단 현승은 오호장군 중 유일하게 집 주소가 옥수동이 아니다. 그는 남산빌리지 바로 옆에 자리한 신당동 퍼렁지오 아파트 단지에 산다. 아파트 매물가가 남산빌리지에 비하면 2~3억 가까이 떨어지지만 그래도 서울에서 웬만큼 잘사는 계층이 아니면 쉽사리 입주할 수 없는 곳이었다. 남들이 보기에 그는 '은수저를 입에 문 아이'였다.

또, 현승만 대학 진학반에 들어갔다. 실업계 특별전형을 통과해 서울에 있는 대학에 들어가기 위해서였다. 물론 현승 본인의 뜻이라기보다는 부모님의 성화에 의한 것이었다. 인근 실업계 고교인 수철정보고나 광희공고와 달리 달랑 대학 진학반 하나만을 운영하는 용공고에서 매달 말에 치르는 모의 수능고사 스트레스는 현승처럼 선택받은 학생들만 겪을 수 있는 일종의 특권이었다. 오호장군의 다른 멤버들은 그가 성적표를 받아 오는 날이면 곧잘 이런 내기를 하였다.

"자, 난 이번 시험에 현승이 350점을 넘긴다에 만 원!"

"말도 안 되는 소리, 난 절대 못 넘긴다에 만 원!"

하긴 현승은 애당초 용공고에 들어오지 않을 수도 있었다. 그의 부모님은 하나뿐인 아들을 인근의 인문계로 보내고 싶어 했다. 무엇보다 하나뿐인 자식이 실업계에 간다는 게 남들 보기에 창피했다.

현승은 애당초 자신이 공부할 머리가 아님을 잘 알았다. 게다가 아버지는 지방의 변변치 못한 상고를 졸업했음에도 모 증권회사의 잘나가는 지점장으로 계셨다. 그런 아버지를 본받으면 그깟 학벌 없이도 성공할 수 있을 것 같았다. 그는 서당중학교를 졸업하자마자 용공고 정보통신과에 지원서를 냈고 서당중 출신이라는 프리미엄이 붙어 내신이 개판이었음에도 어렵지 않게 합격할 수 있었다.

우습게도 서당중에서는 꼴찌를 도맡아 하던 그가 용공고에서는 내신 2등급 밑으로 떨어진 적이 없었다. 고등학교 입학과 동시에 열공 모드로 전환한 건 아니다. 평소와 다름없이 수업 시간엔 자고 보충수업은 땡땡이쳤다. 그 시간에 친구들과 어울려 당구장이나 나이트클럽에 드나들었으며 오호장군의 활약이 필요한 순간이면 주저 없이 자신의 무기인 큐대를 들고 출정했다.

같은 학과 학생들은 그가 내신 등급을 잘 받기 위해 일부러 인문계로 안 가고 이곳으로 온 거라고 오해하였다. 용공고에는 없었지만 수철정보고에는 이런 불순한 목적으로 전학 온 학생들이 더러 있었다. 심지어 과학고에 다니다 자퇴를 한 뒤 검정고시 대신 공고에 입학한 학생도 있었다. 그렇다고 그가 수철정보고에서도 전교 1등을 할 수 있을 정도는 아니었다. 수철정보고에는 '금호산의 음유시인'이자 '금호산의 세르반테스'로 불리는 '전교 1등'이 존재하였다.

용공고 학생들은 늘 부러움과 질투가 가득 찬 눈으로 현승을 바라보며 그를 '매봉산의 금큐대'라고 불렀다. 실제 그의 큐대는 멀리서도 한눈에 보일 정도로 번쩍번쩍 빛이 나는 금색이었다. 그렇지만 그런 뜻만 있었던 건 아니었다.

이렇듯 현승은 오호장군의 다른 멤버들은 물론 용공고 학생들과도 보이지 않는 계층의 벽을 두고 있었다. 그럼에도 그는 오호장군이라는 이름 아래 활약하였고 용공고 학생으로서 2년 반 동안의 학창 시절을 보냈다. 오히려 자신과 동족이

라 할 수 있는 서당동 주민들과 중앙외고 학생들이라면 질색
을 했다.

한번은 성혁이 응봉근린공원에서 거하게 펼친 술자리에서
그에게 진지하게 물어보았다.

"넌 왜 우리랑 노냐? 우리하고 어울리는 게 창피하지 않
냐?"

"글쎄…… 초등학생 때 말이야, 머리맡에 알람 시계를 놓
고 자지 않으면 지각하기 일쑤였어. 창문이라고 하나 있는 건
허구한 날 옆집에 사는 아저씨의 큼지막한 트럭 바퀴가 막
아 버렸거든. 또 여름에는 텅 빈 집에 하루 종일 외롭게 돌아
가는 선풍기만 나를 반겼지. 퍼렁지오로 이사 오면서 그 놈을
옛집에 그냥 두고 올 때 얼마나 가슴이 아프던지."

성혁은 현승이 늘어놓는 엉뚱한 대답을 도통 이해할 수가
없었다. 어떻게 트럭 바퀴가 창문을 막을 수 있는 거지? 텅
빈 집에 선풍기는 왜 켜 놓고 나오는 거야? 몇 달 뒤 재덕을
따라 쌀 포대를 어깨에 짊어지고 그의 여자 친구의 집을 방문
하였을 때 그는 비로소 현승의 말을 이해했다. 1층이라 부르
기도 그렇고 그렇다고 지하 1층이라 하기에도 뭣한 어정쩡한
방에서 재덕의 여자 친구는 병든 아버지를 간호하고 있었다.
그녀의 집에 있는 선풍기는 누워 계신 아버지 쪽이 아닌 낡고
큼지막한 옷장을 향하고 있었다. 현승은 '은수저를 입에 문

아이'가 맞긴 하지만 태어날 때부터 그랬던 건 아니었다. 그래서 그는 놋쇠나 스테인리스로 만든 수저로도 능히 먹을 수 있었던 것이다.

그의 대표적인 싸움이라면 빅 매치가 성사되기 한 달 전에 벌어졌던 '버티고개 전투'를 들 수 있다. 버티고개에서 오호장군과 맞붙은 캡틴파이브는 흠씬 깨져 가며 한남동으로 이어지는 골목길로 도망치는 중이었다. 이때 현승에게 쫓기던 제롬은 신고 있던 38만 원짜리 농구화 '에어조던 23'과 '닌텐도 DS'를 동네 꼬마들에게 넘겨주고 나서야 겨우 그들이 숨바꼭질할 때 자주 이용하는, 놀이터 뒤 아무렇지 않게 쌓아 놓은 드럼통 안에 몸을 숨길 수 있었다.

여기에서 끝났다면 현승의 무용담은 기억되지 않았을 것이다. 그의 본격적인 활약상은 이후에 펼쳐졌다. 제롬을 찾기 위해 한남동 골목을 누비고 다녔던 현승은 마침 좁다란 골목길에서 역시 제롬을 찾기 위해 그 일대를 돌아다니던 캡틴파이브의 나머지 멤버들과 맞닥트렸다. 4대 1이었지만 현승은 녀석들을 잘도 갖고 놀았다. 오호장군의 나머지 멤버까지 몰려오며 더욱 수세에 몰린 캡틴파이브는 행방이 묘연한 리더를 버려두고 줄행랑을 쳤다. 그전까지 현승은 마이크의 코를 주저앉혔고 토비의 이마를 더욱 크게 찢어 놓았으며 아이작의 눈두덩에도 존재감 있는 멍을 남겼다.

성혁 : 360도 회전 발차기

사실 태권도를 배운 적이 없어서 자세는 보기 민망할 정도로 형편 없지만 숱한 싸움판에서 상대를 한 방에 기절시켰던 강력한 기술이다. 훗날 성혁은 자신이 출연한 여러 액션 영화에서 자주 이 기술을 선보이며 자신을 어필하는 트레이드 마크로 삼는다.

지선 : T자 슈팅

지선의 주무기인 T자는 아마조네스를 때려 눕힌 광희문 전투를 비롯해 이후 여러 전투에서 계속 사용된다. 그녀의 T자는 동네 문구점에서도 쉽게 구입할 수 있는 흔한 것이다. 그녀는 T자를 양손에 하나씩 들고 싸운다. 가끔 궁지에 몰리면 기습적으로 T자 하나를 상대방의 면전에 던진 뒤 피하는 상대의 빈틈을 노리고 들어가 나머지 T자로 다시 한 번 공격하는 기술을 구사한다. 이름 하여 'T자 슈팅'이다.

재덕 : 어퍼 스윙

재덕은 직경 35밀리미터 배관용 쇠 파이프를 주무기로 사용한다. 그리 무겁지 않음에도 한 손으로 들지 않고 야구 배트를 쥐듯

두 손으로 모아 잡고 상대방에게 휘두른다. 특히 45도 아래에서 위로 비스듬히 올려치는 기술, 일명 '어퍼 스윙'은 매우 무시무시한 파괴력을 자랑한다.

규태 : 렌치 회오리

규태는 본인이 직접 제작한, 타이어 렌치 끝에 강줄로 스패너를 매단 이상한 무기를 사용한다. 렌치 끝에 달린 스패너의 강도가 상당해서 일단 한 번 맞으면 최소한 멍이 들거나 피가 난다. 적들이 떼로 덤빌 때는 이 무기를 위로 번쩍 들고는 크게 원을 그리며 돌린다. 그러면 주변의 적들은 움찔하며 순식간에 그의 주위에서 물러선다.

현승 : 공중 내려치기

그는 황금색으로 칠해진 큐대를 사용한다. 큐대로는 상대의 공격을 가드만 하고 직접적인 공격은 발차기나 주먹을 사용한다. 그러나 유일하게 공격용으로 쓰일 때가 있으니 바로 이 기술을 발휘할 때다. 공중에 붕 떠서 상대방의 머리통을 내려치는 이 기술은 재덕의 '어퍼 스윙' 못지않은 파괴력을 지닌다. 단점이 있다면 기술을 사용하고 나면 대부분 큐대에 금이 가 다음에 사용할 수 없다는 것이다. 그래서 자주 구사하지는 않았다.

11 폐교 I

용공고 학생과 학부모 들은 매봉산을 떠나라는 교육청의 처사에 이루 말할 수 없는 분노와 참담함을 표출하였다. 반대로 서당동 주민들은 옛 용공고 부지에 그들의 소원인 초등학교를 세울 수 있다는 기쁨에 들떠 있었다.

이 제안은 당장 받아들여져 단지 정문과 후문에 이런 문구의 현수막이 내걸렸다.

교육청의 서당동 초등학교 설립 허가를 진심으로 환영합니다.

사실 단지 주민들이 처음 내걸었던 문구는 이것이었다.

교육청의 용공고 폐교 방침을 진심으로 환영합니다.

다음 날 평소처럼 무지개 아치교 아래 보도를 지나 등교하던 용공고 학생들은 이 현수막을 보고 격분하였다. 감정이 격해진 재덕과 현승은 많은 학생들이 보는 앞에서 현수막을 갈기갈기 찢어 버렸다. 단지 주민들도 현수막 문구가 공고 녀석들의 더러운 성질을 자극할 수 있다고 여기고 곧장 문구를 바꾸었다.

학생들은 즉각 폐교 반대 운동을 벌였다.

저희 학교는 참 못난 학교입니다.

산꼭대기에 있어서 아침 등굣길마다 숨이 턱턱 막히는 데다

겨울에는 춥고 여름에는 무지 덥습니다.

에어컨과 온풍기도 변변히 갖추지 못해

여름이면 실습실에서 땀을 뻘뻘 흘리며 납땜을 하고

겨울엔 호호 손을 불어 가며 쇠를 깎습니다.

하지만 우리가 선택한, 우리의 학교이기 때문에

이런 열악한 환경에서도

이 학교에 온 것을 절대 후회하지 않습니다.

저희는 다른 걸 바라는 게 아닙니다.

그냥 저희는 이 학교에서 기술을 배우고

열심히 해서 대학도 가고 싶고 취직도 하고 싶고

텔레비전에 나오는 사람들처럼 멋지게 성공도 하고 싶고

그리하여 훗날 당당하게 저희 모교를 찾아오고 싶습니다.

그러니 제발 저희들의 학교를 없애지 말아 주세요.

부디 저희 학교가 사라지지 않게 도와 주세요.

—용공고 학생이 모 인터넷 사이트 토론 광장에 올린 글에서

곧이어 교사들과 학부모들이 동참하였고 졸업한 선배들도 인터넷을 중심으로 폐교 반대 서명운동을 전개하였다. 오호 장군도 잠시 싸움을 멈추고 학생들과 함께 서울시 교육청이나 서당동 주민 센터 앞에서 시위를 벌였다. 각종 인터넷 카페나 시민 단체, 진보 정당 들도 이에 동조하여 교육청의 무분별하고 무차별적인 폐교 명령을 철회할 것을 촉구하였다. 여러 온라인 매체들도 용공고의 폐교 소식을 앞다투어 보도하였다. 광화문과 시청역 사이에 위치한 여러 신문사들과는 달리 이들은 용공고에 동정적이었다.

용공고는 왜 존재해야 하는가?

용공업고등학교에 재학 중인 학생들의 대부분은 서울의 대표적인 낙후지역 중 하나인 옥수동을 비롯해 관악구, 은평구, 용산구 등 생활환경이 어려운 지역에 고루 분포되어 살고 있다. 그렇기 때문에 등하교 시간은 적게는 30분에서 많게는 두 시간까지 소요된다.

박○○(19세, 토목건축과 3학년) 양 역시 지하철로 한 시간을 오가며 통학하고 있다. 실제 지하철을 타고 이동하는 시간만 한 시간이지 지하철역에서 산 정상에 있는 학교까지 오고가는 시간을 더

하면 두 시간 가까이나 된다. 그래도 그녀는,

"소년원 입소 경력이 있는 절 받아 준 고마운 학교입니다."라며 불평 한마디 없이 다니고 있었다.

용공고에는 편부모 가정과 기초 생활 수급자 가정도 다른 고등학교보다 많다. 부모들의 직업은 자영업과 토건업, 운수업 순으로 나타났다. 일정한 수입을 보장받을 수 없는 직업으로도 해석된다. 그렇기 때문에 학생들 대부분은 수업이 끝난 후 자신들의 학비와 용돈 마련, 휴대폰 요금을 조달하고자 아르바이트를 하고 있었다. 그래서 용공고에서는 분기별로 350여 명의 학생들에게 다양한 장학금을 지급해 주고 있다. 다른 한편으로는 학교가 책임지는 다양한 일자리와 아르바이트를 주선해 주고 있다.

용공고 학생 중 3분의 2는 집에서 혼자 보내는 시간이 많은 것 또한 밝혀졌다. 부모님이 모두 맞벌이를 해서 밤늦게야 집에 돌아오기 때문이다. 학교는 이들을 위해서 다양한 특별 활동 교실을 마련하여 운영 중이다. 강○○(19세, 정보통신과 3학년) 군은,

"많은 학생들이 하교를 하면 어두컴컴하고 텅 빈 집 외에는 마땅히 갈 곳이 없습니다. 학교가 아니었다면 근처 공원이나 거리에서 삼삼오오 모여 일탈을 하는 학생들을 더 많이 볼 수 있었을 겁니다."라고 밝혔다.

용공고에서 국어를 가르치는 김혜연 선생(29세, 교사)은 "사실 우리 학교 학생들은 어릴 적부터 다른 아이들과 출발선이 다릅니

다. 그래서 고등학교 진학을 선택할 때 실업계밖에 선택할 수 없는 것이 현실입니다. 지금 실업계 학생들을 바라보는 시선은 학생들 개인의 행동에 향할 것이 아니라 사회 모순을 꼬집는 방식이 돼야 합니다."라고 밝혔다. 그녀는 이어

"꿈과 희망을 배워야 하는 학교에서 절망을 배우고 있습니다."
라고 비통해하였다.

하굣길에 만난 이지선(18세, 기계과 3학년) 양은 "대부분의 학생들이 이미 크고 작은 상처를 받으며 살아가고 있는데 이번 교육청의 폐교 방침은 우리에게 더 큰 상처를 주고 있어요."라며 씁쓸해했다. 용공고 학생들과 같은 실업계 고교 학생들의 사회적 양극화 문제를 해결할 수 있는 교육 정책 마련이 시급한 때다.

–모 인터넷 뉴스의 커버스토리 기사에서

그러나 장장 8개월을 끌었던 폐교 반대 운동은 2008년 옥수동에 불어닥친 뉴타운 사업으로 결정타를 맞게 된다. 이건 단순히 학교 하나가 사라지느냐 마느냐 하는 문제가 아니었다. 길게는 30년 넘게 매봉산에 터를 잡고 살았던 수많은 사람들이 매봉산을 떠나느냐 마느냐 하는, 사활이 걸린 심각한

문제였다.

매봉산 정상에 서 있는 자랑스러운 용공고

교육청 학교로 찾아와서 음~ 어디로 데려갈까?

바람아 너는 알고 있나 비야 네가 알고 있나

무엇이 매봉산에서 음~ 학교를 데려갈까?

-교육청의 용공고 폐교 방침에 반대하는 학생과 선생 들이

시위 중 부른 노래

12 캡틴파이브

　오호장군과 맞붙을 중앙외고의 캡틴파이브도 자세히 소개할 필요가 있을 것 같다. 그들은 지난 2년 동안 오호장군을 끈질기게 괴롭히며 그중 몇 번은 큰 위기에 빠트리기도 한 진정한 라이벌이었다. 제롬, 아이작, 토비, 제시카, 마이크 이 다섯 명이 캡틴파이브의 멤버다. 다섯 명 모두 용공고 학생들이 지독히 싫어하는 서당동 남산빌리지에 거주한다. 원어민 선생이 가르치는 어학원에 다니거나 어학연수를 다녀온 탓에 본명보단 이 잉글리시 네임을 더 즐겨 쓴다. 그래서 여기서도 계속 이들을 이 잉글리시 네임으로 호칭하겠다.

　제롬은 캡틴파이브의 리더다. 싸움 실력이야 기술에서는 아이작에게, 힘에서는 마이크에게 밀리지만 중앙외고의 처음이자 어쩌면 마지막으로 기록될지도 모를 폭력 서클 캡틴파이브를 만들었다는 이유만으로 다들 그를 리더로 받아들였다.

그는 중학생 시절 전교 1등 수재였을 뿐만 아니라 학교 태권도부의 간판선수이기도 하였다. 전국체전에 나가 받은 트로피와 메달이 진열장을 하나 가득 메우고도 남았다. 학교에서는 준수한 외모에 실력도 일품인 그가 분명 2004년 아테네 올림픽 태권도 금메달리스트인 문대성을 능가하는 스타플레이어가 될 것이라고 확신하였다.

하지만 자신이 외무관이 되기를 원하시는 부모님의 기대를 저버리지 못한 그는 3학년이 되면서 미련 없이 태권도를 그만두었다. 그리고 부모님의 바람대로 공부에만 매진하여 현재의 중앙외고 영어과에 들어왔다. 하지만 신당동 떡볶이타운에서 오호장군이 독수리 오형제를 격파했다는 소문이 퍼지며 인근 여러 학교의 폭력 서클들이 그들을 넘버원으로 인정하던 무렵에는 캡틴파이브를 결성하였다. 곧 아이작과 토비가 가입하였고 이윽고 제시카와 마이크가 들어오면서 지금의 멤버가 구성되었다.

제롬이 서클을 결성한 이유는 인근 학교 짱들의 행패 때문이었다. 중앙외고 학생들은 다들 부모님에게 용돈을 두둑이 받았던 터라 짱들의 집중적인 표적이 되고는 했다. 거기다 잘

사는 놈들에 대한 반감까지 더해져 집중적으로 괴롭힘을 당했다. 제롬은 이런 모교 학생들의 억울함을 가만히 두고 볼 수만은 없다는, 성혁이 오호장군을 결성한 것과 흡사한 이유로 캡틴파이브를 만들고 그들의 존재를 매봉산에 드러내었다.

공부만 하던 범생이들이 만들었다는 이유로 별 볼 일 없을 것이라 비웃었던 여러 서클들은 곧 캡틴파이브에게 하나둘씩 격파되었다. '1차 응봉근린공원 전투'에서는 달타냥과 삼총사가, '을지로 7가 대혈전'에서는 독수리 오형제가 정리되었다. 아마조네스도 광희문 앞에서 또 한 번 참담한 꼴을 겪었다.

캡틴파이브 덕분에 중앙외고 학생들도 삥 뜯기는 일 없이 학교 주변을 마음껏 활개치며 다닐 수 있었다. 용공고에 오호장군이 있다면 중앙외고에는 캡틴파이브가 있었다. 오호장군과 마찬가지로 캡틴파이브도 중앙외고에서는 학생들의 영웅이었다. 0교시 수업 전이나 야간 자율학습 전 쉬는 시간이면 학생들은 휴게실이나 교정 벤치에 모여 앉아 캡틴파이브의 활약상을 이야기하였다. 유일하게 이때만 학생들 입에서 미적분이니 작용반작용의 법칙이니 1920년대 카프 문학이니 하는 어렵고 복잡하기 그지없는 말들이 나오지 않았다.

제롬은 선수 시절에 익힌 태권 기술을 발휘하여 각종 전투에서 수차례 자신의 진가를 발휘하였다. 유일하게 이기지 못한 녀석이 오호장군의 리더 성혁이었다. 아이러니하게도 성혁의 필살기인 360도 발차기는 오히려 태권도를 제대로 익힌 제롬이 더 세련된 품새로 구사하였다.

제롬과 성혁의 악연은 초등학교까지 거슬러 올라간다. 제롬도 서당동으로 이사 오기 전에는 도곡동 로얄펠리스에 살았다. 당연히 성혁과 인근 초등학교에 같이 다녔다. 4학년부터는 졸업할 때까지 내리 3년을 성혁과 같은 반이었다. 늘 전교 1등은 성혁의 몫이었고 제롬은 그에 밀려 2등에 머물렀다. 중학교도 둘 다 같은 곳으로 배정되었다. 그곳에서도 성혁은 역시 제롬의 앞길을 가로막았다. 그러다 성혁 아버지의 갑작스러운 자살로 그가 도곡동을 떠나면서 비로소 1등은 제롬의 차지가 되었다. 그렇지만 제롬은 기분이 좋지 않았다. 결국 제롬은 단 한 번도 성혁을 이겨 보지 못하고 떠나보낸 것이기 때문이다. 성혁을 떠올릴 때마다 굴욕감과 패배감이 함께 따라붙었다.

신흥 명문 사립고로 떠오른 중앙외고에 합격한 제롬은 자식을 위해 기꺼이 학교 근처로 이사하는 수고로움도 마다하지 않는 부모님 덕분에 새로이 서당동 주민이 되었다. 그리고 얼마 뒤 동 주민들이 아침이면 산책 코스로 자주 이용하는 응봉근린공원에서 친구들과 어울려 술을 마시는 옛 라이벌과 다시 해후하였다. 두 번 다시 보고 싶지 않은 얼굴이었지만 자신은 서당동 주민, 녀석은 옥수동 주민이라는 신분 차이가 녀석으로 하여금 잠자고 있던 복수심을 자극하였다.

　캡틴파이브가 오호장군에게 연거푸 깨지는 상황에서도 그는 어쩌면 자신의 가장 강력한 무기인 돈으로 성혁을 회유하려 들었다. 한 벌에 몇십만 원씩 하는 나이키 점퍼나 토목건축과 학생에게는 꼭 필요한 일제 전자계산기를 선물하기도 하였고 제시카를 꺾고 교내에서 1등을 하여 아버지에게 받은 최신형 오토바이를 선물하기도 하였다. 물론 성혁에게

이제 넌 나한테 안 된다

　라는 굴욕감을 맛 보여 다시는 자신에게 덤비지 못하게 하려는 숨은 의미를 담고 있었다. 하지만 성혁은 면학분위기를 해친다는 이유로 응봉근린공원에서 용공고 학생들이 중앙외고 녀석들에게 두들겨 맞을 때면 태연히 제롬이 선물해 준 점퍼를 입고 출력이 좋아 단숨에 시속 100킬로미터 이상으로 달릴 수 있는 오토바이를 타며 등장하였다. 대신에 그는 지난 버티고개 전투에서 드럼통에 숨은 제롬을 발견하고도 못 본 척하며 한남동으로 도망칠 수 있게 길을 내줘 다소나마 제롬의 은혜를 갚았다. 용공고 학생들은 성혁의 오토바이를 '적토마'라고 불렀다. 이름답게 오토바이는 아주 새빨갛다.

13 카프카

아이작은 베일에 싸인 인물이었다. 그가 남산빌리지 103동 8층에서 누나라고 해도 믿을 정도로 젊고 어여쁜 어머니와 단 둘이 산다는 것, 중학교 1학년 때까지 홍콩에서 지낸 덕분에 영어와 중국어를 아주 유창하게 구사하여 어렵지 않게 중앙외고 중어과에 입학했다는 것 외에는 알려진 바가 없다.

학교에서도 싸움판에서도 늘 말이 없었다. 혼자 있기를 좋아했다. 고독을 좋아했으므로 당연히 친구들도 없었다. 하긴 중앙외고에서 친구란 애초에 존재할 수 없는 단어였는지도 몰랐다. 더 좋은 성적, 더 좋은 내신 등급을 받기 위해서는 주변 친구들부터 짓밟아야 하는 개미지옥이 중앙외고였다. 그랬기 때문에 학생들이 각종 싸움판에서 서로 합심하여 무시

무시한 폭력 서클들을 격파하는 캡틴파이브에게 일종의 카타르시스를 느끼며 열광했는지도 모른다.

그런 그가 제롬의 권유에 너무나 쉽게 캡틴파이브 멤버가 된 것은 적어도 싸움에서만큼은 혼자가 이롭지 않다는 것을 그간의 싸움을 통해 깨달았기 때문이다. 장발을 휘날리며 고고하게 달맞이공원에서 카프카의 소설을 읽는 그를 달타냥과 삼총사는 가만히 내버려 두지 않았다.

"야, 누군 부모 잘못 만나 학교 끝나면 좆 빠지게 알바 뛰어야 되는데 누군 한가하게 공원에서 책이나 읽고."

아이작은 독서를 방해한 네 시정잡배들에게 그의 필살기인 '콤비네이션 블로우'를 작렬하였다. 킥복싱 기술의 하나인, 세 번 이상 좌우로 펀치와 킥을 작렬하는 콤비네이션 블로우는 그와 상대하는 모든 상대에게 극강의 공포를 주는 기술이었다. 그러나 상대가 여럿일 때는 부질없었다. 콤비네이션 블로우를 맞고 포르토스의 왼쪽 눈가가 찢어지긴 했지만 곧 집단 린치를 당한 아이작은 가슴과 오른쪽 무릎에 퍼런 멍이 들었고 굳게 다문 입에서는 빨간 피가 새어 나왔다.

다음 날 말이 아닌 몰골로 점심 식사 후 남은 시간을 이용해 맨 뒷자리에서 어제 못 다 읽은 카프카의 소설을 읽던 아이작에게 제롬이 찾아왔다.

"친구가 되자는 건 아냐. 그저 그 녀석들을 뭉개는 데 네가 좀 도움이 돼 줬으면 좋겠어."

아이작은 그답게 대답 대신 고개를 살짝 끄덕이고는 다시 소설책으로 눈길을 돌렸다. 아이작에게 원한을 산 달타냥과 삼총사는 이후 얼마 되지 않아 응봉근린공원에서 캡틴파이브에게 신나게 두들겨 맞는다. 그렇지만 그 상처가 채 낫기도 전에 검은 승용차을 몰고 나타난 검은 정장의 사나이들에게 끌려가 이름 모를 야산에서 또 한 번의 고초를 겪는다. 검은 정장 사나이들이 회장님이라 부르며 깍듯이 모시는 어느 노신사가 친히 달타냥과 삼총사에게 주먹을 날렸다. 자신의 키보다 훨씬 깊은 구덩이에 갇혀 울며불며 살려 달라고 애원을 한 끝에야 달타냥과 삼총사는 겨우 풀려날 수 있었다.

달타냥과 삼총사는 검은 정장 사나이들과 그들에게 회장님이라 불렸던 노신사가 대체 누구며 왜 자신들을 으슥한 곳으로 끌고 가 모질게 때렸는지 알 수 없었다. 그러다 4차 응봉근린공원 전투가 벌어지기 이틀 전에 전교 1등이 보던 경제 잡지에서 다시 그 노신사와 재회하였다. 잡지는 한 면을 가득 메운 사진과 함께 그 노신사가 분식회계 혐의로 현재 교도소에 수감 중이지만 올 광복절 특사 때 사면될지도 모르는 H그룹의 회장이라고 알려 주었다.

달타냥과 삼총사는 잡지 속 사진을 가리키며 이 사람을 만났다고 소리쳤지만 전교 1등을 비롯한 친구들은 아무도 그들의 말을 믿지 않았다. 그러나 그 뒤로 아이작에게는 이상한 소문이 따라다녔다. 그것은 그가 바로 H그룹 회장의 숨겨진 아들이라는 것이었다. 아이작은 침묵으로, 반대로 그의 어머니는 극구 항변하며 이를 부인하였다. 세월이 흐르면서 그 소문은 점점 사그라졌다. 그런데 우연인지 필연인지 이후 K대학 경영학과를 졸업한 그는 곧바로 H그룹의 전략기획실로 입사해 불과 3년 만에 실장으로 초고속 승진을 하였다.

그는 한국에 들어오기 전까지 홍콩의 도장에서 킥복싱을 배웠다. 거의 매일 도장에서 살다시피 하며 자신을 수련하였다. 실력이 뛰어나 트레이너가 대회에 참가해 볼 것을 권할 정도였다. 홍콩에서 홀어머니와 함께 살 길이 막막했던 그는 진지하게 트레이너의 제안을 고민해 보았다. 그러나 결심이 섰을 때쯤 어머니는 뜬금없이 한국으로 돌아가자고 말씀하셨다. 14년 만에 고국으로 돌아온 그는 서당동 남산빌리지에 새로이 보금자리를 꾸몄다. 아이작은 한국에서도 몇 손가락 안에 드는 비싼 아파트라고 소문난 남산빌리지 아파트를 어머니가 어떻게 구입했는지 궁금했지만 물어보지는 않았다.

아이작은 H그룹에 들어가기 전까지 살았던 매봉산과 서당동을 참 좋아하였다. 매봉산에서 바라보는 야경은 홍콩의 마천루에서 바라보는 도시의 야경에 비해 화려함은 덜하지만 훨씬 포근하였다.

14 장군의 아들

토비는 장군의 아들이다. 그의 아버지는 현재까지 육군사관학교 교장으로 재직 중인 장성이다. 군인의 아들이었던 토비는 어릴 적부터 아버지의 임지를 따라 전국 각지의 부대를 돌아다녔다. 군인을 동경하게 되는 건 자연스러운 일이었다. 그래서 중앙외고 졸업 후의 진로도 아버지처럼 육군사관학교에 입학하는 것이었다. 그는 오호장군이 매봉산을 떠나던 다음 해에 그 꿈을 이룬다. 현재 그의 아내이기도 한 여자 동기에 이어 2위의 입학 성적이었다.

가족들과 함께 시간을 보내기 위해 주말이면 서울 서당동의 집으로 올라오시는 아버지는 토비에게 캡틴파이브와 같은 불량 서클에서 나와 공부에만 몰두할 것을 명령하였다. 그럴 때마다 그는 아버지 앞에서 당당히 이렇게 말하였다.

"저희는 아버지가 생각하시는 것처럼 싸움만 일삼는 놈들이 아닙니다. 용공고랑 수철정보고 양아치들로부터 저희 학교 학생들을 지키는 조직입니다. 나라를 지키기 위해 아버지 같은 군인이 존재하는 것처럼 중앙외고에는 캡틴파이브가 존재하는 것입니다."

아버지의 반대에도 불구하고 그는 졸업하는 순간까지 캡틴파이브 일원으로 남았다. 2008년 가을에 용공고 폐교와 함께 오호장군이 뿔뿔이 흩어지자 라이벌이 없어진 그들은 주먹 대신 펜으로 그들의 본래 목적인 명문대에 들어가기 위해 치열한 싸움을 벌였다. 그전까진 그렇게 지켜 주고자 했던 같은 학교 학생들이 이젠 모두 상위 내신 등급을 받기 위해 겨루어야 하는 그들의 적이 되었다.

심지어 캡틴파이브 내에서도 내분이 일어나 전교 1등을 놓고 제롬과 제시카가 2학기 내내 서로 으르렁거렸다. 용공고 폐교는 오호장군뿐만 아니라 캡틴파이브까지도 역사 속으로 사라지게 만들었다. 그로 인해 2008년이 얼마 남지 않았던 어느 겨울날, 동대문운동장의 케레스타 백화점 야외 라운지에서 토비는 주위를 둘러싼 신당동 시한폭탄과 외로이 맞서 싸워야 했다.

토비는 싸움이 벌어질 때면 보통 그의 열세 번째 생일날,

현재는 모 부대의 연대장으로 계시는 아버지의 친구로부터 받은 모형 K-2 소총을 들고 나간다. 그리고 예전에 아버지 부하로 근무한 적 있는 모 특전사 부대의 대대장에게서 배운 총검술을 마음껏 뽐낸다. 그가 휘두른 개머리판에 천하의 재덕도 맞고 기절한 적이 있을 정도였다. 토비는 지금도 그 모형 K-2 소총을 마치 집안의 가보처럼 아프리카 티크 목재로 만든 진열장에 고이 넣어 보관한다.

토비의 아버지가 토비를 자식으로도 보지 않겠다며 불같이 화를 낸 적이 있었다. 버티고개 전투 직후였다. 평소엔 얼굴에 멍이 들고 손과 발에 상처투성이인 아들을 대할 때에도 공부도 좀 열심히 하라는 훈계에 그치는 아버지였다. 하지만 아들이 버티고개 전투에서 리더를 내팽개치고 한남동까지 줄행랑쳤다는 사실은 군인의 피가 흐르는 자신에게는 도저히 용납할 수 없는 일이었다. 토비는 '임전무퇴(臨戰無退)'를 A4용지 100장에 빼곡히 쓰는 것도 모자라 야구방망이로 흠씬 두들겨 맞았다.

15 알파걸

제시카도 캡틴파이브의 홍일점이다. 얼핏 보아서는 여고생이라 믿기 힘들 정도로 원숙미 넘치고 섹시한 지선과 달리 그녀는 작달막한 키에 청초한 눈, 깜찍한 외모를 지닌 전형적인 순정 만화 여주인공이었다. 그래서 평소 남모르게 그녀를 흠모하다가 얼추 자신의 키만 한 쌍절곤을 들고 거친 사내들과 싸우는 제시카의 모습을 보고는 충격을 받은 중앙외고 남학생들이 적지 않았다. 유일하게 제롬만 놀라는 대신 캡틴파이브의 일원이 되어 줄 것을 정중히 부탁하였다.

태어날 때부터 주목받는 미인이었던 데다 강남에 대형 부티크를 세 개나 가진 어머니의 하나뿐인 딸에 대한 지극정성으로 인해 그녀는 언제나 공주님 대접을 받았다. 거기에다 공부까지 일취월장이었으니 그야말로 엄마 친구 딸들에게 욕먹기 좋은 조건을 고루 갖추고 있었다.

학교로 찾아와 연예계 데뷔를 제안하는 연예 기획사 매니저들도 심심치 않게 있었다. 그렇지만 그녀는 콧방귀만 뀔 뿐이었다. 그녀는 뉴스나 연예 오락 프로그램에 출연해 대중들의 인기를 한 몸에 받기도 하고 그러다 벤처기업의 사장이나 대기업 총수의 아들에게 시집을 가기도 하는 공중파 방송국의 아나운서가 되고 싶었다. 애당초 중앙외고에 입학할 당시부터 SKY의 신문방송학과를 목표로 삼았던 제시카였다.

제시카는 이런 자신의 꿈을 끝내 이루지 못한다. K대 신방과에 수석으로 입학하고 이후 과수석을 놓치지 않으며 대학 방송국에서 아나운서로 맹활약하는 등 공중파 아나운서로서의 스펙과 자질을 착실히 쌓아 나가던 그녀에게 뜻밖의 불운이 닥친다. 대학을 졸업하던 해에 새로이 맞이한 재정기획부 고위 간부인 새아버지와 어머니가 출장 겸 해외여행을 하러 태국으로 향하던 중 그만 사고로 돌아가신 것이다. 비행기 기체 결함으로 인한 공중폭발이 사고의 원인이었다.

곁에서 언제나 자신을 공주처럼 떠받들어 주던 어머니가 사라지자 졸지에 그녀는 하녀보다 못한 신세로 전락하였다. 어머니가 남겨 주신 유산은 곧 그에 못지않게 물려주신 빚으로 죄다 거덜이 났다. 공주 행세와 공부밖에 할 줄 아는 게 없었던 그녀에겐 혼자서 이 험난한 세상을 헤쳐 나갈 용기와 지혜가 없었다.

하지만 인생의 처음이자 마지막 굴욕이 될지도 모를 지하 셋방살이를 2년 만에 청산한 그녀는 현재 잘나가는 벤처기업 사장님의 안사람이 되었다. 인기 아나운서가 되지는 못했지만 적어도 결혼만큼은 자신의 꿈을 이루었다. 불의의 사고로 하나뿐인 딸에게 아무것도 남겨주지 못한 채 떠나가 버린 제시카의 어머니는 어쩌면 일생을 살아가는 데 가장 큰 유산일지도 모를 미모를 물려주었다. 제시카는 그로 인해 다시 예전의 화려한 공주 시절로 돌아갈 수 있었다.

그녀가 캡틴파이브 멤버가 된 이유는 단순하였다. 이웃 학교 얼짱으로 주위에 소문이 파다하게 퍼지며 자신의 인기를 능가한 지선 때문이었다. 지선과 제시카가 각각 용공고와 중앙외고에 재학하는 기간 동안 둘은 늘 남학생들의 소문과 평가에 의해 매봉산의 얼짱 자리를 놓고 다투는 사이였다.

주변 학교 남학생들은 험한 싸움판에서 친구들과 부대끼며 싸우는 지선에게서 보이시한 매력을 느껴 그녀를 제시카보다 더 우위에 두었다. 제시카는 남자들에게 천한 웃음과 몸을 파는 술집 호스티스 따위에게 더 호감을 보이는 남학생들의 태도에 기가 막혔다. 더구나 학교에 있을 때는 수수하다 못해 촌스럽기 짝이 없는 지선에게 자신이 밀린다는 건 공주의 체면과 자존심으로서는 도무지 납득할 수 없는 일이었다.

지선이 남학생들에게 인기가 많은 이유가 단순히 여자답지 않은 터프함과 남학생들과도 자연스럽게 어울리는 털털함이라고 여긴 그녀는 잠시 도도함과 우아함을 버리고 지선을 벤치마킹하기로 결심하였다. 곧 그녀는 어머니 몰래 과외 하나를 빼고 대신 도장에 나가 쿵후를 배웠다. 지는 걸 끔찍이도 싫어하는 이 알파걸은 이후 쌍절곤을 휘두르며 지선이 끼어든 싸움에 나가 그녀와 맞붙었다. 공주의 오기가 만들어 낸 싸움 실력은 단숨에 제롬의 눈을 사로잡으며 캡틴파이브의 멤버가 되는 데에 기여하였다.

"지선의 엄마는 딸을 호스티스 출신의 스크린 여왕으로 만들었지만 저희 엄마는 딸을 공주 출신의 세컨드로 만들었습니다."

제시카와 인터뷰를 하던 시기, 각종 매스컴에서는 베를린에 이어 칸에서도 여주조연상을 수상한 지선에 대한 극찬이 한창이었다. 비록 학력 위조 파문에 술집 요정 출신이라는 신분까지 밝혀지며 연예계 생활에 종지부를 찍을 위기에까지 몰린 지선이었지만 해외 영화제에서의 수상이 모든 걸 만회해 주었다.

특히 칸영화제 수상작의 클라이맥스에서 지병을 앓던 어머니가 하나뿐인 딸에게

“드디어 내가 네 곁을 떠나게 되어서 이 에미는 얼마나 기쁜지 모른다.”

라고 말하며 숨을 거둘 때 딸 역을 맡은 지선이 눈물과 콧물이 뒤범벅되어 오열하는 장면은 영화 평론가들로부터 지금까지의 퇴폐적인 관능미를 모조리 버리고 뜨거운 울림으로 관객들의 눈물샘을 자극한 진정한 연기라는 찬사를 이끌어 냈다.

제시카는 이러한 기사가 실린 스포츠 신문을 보면서 씁쓸한 미소를 지우지 못했다.

16 개망나니

캡틴파이브의 마지막 멤버 마이크는 도저히 말로 설명할
수 없는 개망나니였다. 본디부터 그런 성정이었던 건 아니었
다. 공부에 흥미가 없어 성적이 바닥을 기고 반 친구들과 친
하게 지내지 못해 '바보, 병신' 소리를 들으며 왕따를 당하기
는 했어도 '저런 때려죽일 놈'이라는 소리를 듣지는 않았다.

그를 완전히 망가트린 건 중앙외고 입학 전 2년 동안의 미
국 어학연수였다. 고작 2년이라는 시간이 소심한 왕따 소년을
말보다 주먹이 앞서는 깡패로 만든 것이다. 현지의 불량한 친
구들과 어울리면서 망가질 대로 망가진 그는 귀국해서도 버
릇을 고치지 못하고 온갖 물의를 일으키며 영남의 지역구 의
원인 아버지의 속을 허구한 날 썩였다. 사실 전국 상위 5퍼센

트의 수재들만 모인다는 중앙외고에도 못 들어갈 실력이었으나 아버지의 영향력과 미국에서 2년 동안 익힌 영어 덕분에 겨우겨우 특별전형으로 입학할 수 있었다.

그가 일으키는 사건 사고 중엔 특히 여자와 관계된 게 많았다. 과외를 지도하러 온 여대생들과 지속적인 성관계를 가졌다가 아버지에게 들켜 호된 꾸지람을 듣는가 하면 학교 내외에서 셀 수 없이 많은 애인을 거느리며 잠자리까지 가는 짓도 서슴지 않고 저질렀다. 그중에 제시카도 끼어 있었다는 사실은 놀라운 일이었다. 이는 캡틴파이브 외에는 아무도 알지 못하던 비밀이었는데 후일 제시카와 인터뷰하던 중 그녀가 이 사실을 고백함으로써 알게 되었다.

아직 마이크가 캡틴파이브 멤버가 아니던 시절, 마이크는 제시카의 미모에 반해 그녀에게 수작을 걸었다. 사랑을 느낀 건 아니었고 그녀의 몸을 탐하고 싶었을 뿐이었다. 다른 남학생들과 달리 끈덕지게 치근대는 그를 물리치기 위해 도도한 공주님은 다음과 같은 제안을 하였다.

"좋아, 날 이기면 네가 내 위에 올라오게 해 줄게."

당시 그녀의 쿵후 기술은 초절정에 오른 시점이었다. 당연히 제시카로서는 마이크를 덩치만 크고 힘만 셌지 별 볼 일 없는 놈이라고 무시할 만큼 자신감이 충만하였다. 하지만 막상 맞붙었을 땐 뜻대로 하지 못하고 무너졌다. 쌍절곤 한번 제대로 휘두르지 못한 채 단숨에 허리를 붙잡혔다. 그러고는 그대로 땅바닥에 내동댕이쳐진 채 그를 받아들여야 했다. 약속한 일이니 뭐라고 항변할 수도 없었다. 그저 자신의 이력에 흠이 생기지 않도록 마이크가 죽을 때까지 그 사실을 함구해 주기만 바랄 뿐이었다. 그러나 그녀는 마이크가 캡틴파이브에 합류한 뒤로도 그와 몇 번의 관계를 더 가지게 된다. 비록 그와 얼굴을 마주하는 것은 짜증나고 싫었지만 그와 몸을 섞을 때면 묘한 쾌감을 느꼈던 제시카는 졸업 전까지 줄곧 이런 이중적 태도를 취하였다.

화려한 여성 편력을 지닌 마이크의 레이더망을 지선이라고 피해 갈 수 없었다. 비록 학교에서는 굵은 뿔테 안경과 작업복으로 빛나는 외모와 몸매를 감췄지만 이미 용공고 얼짱으로 소문이 자자한 그녀를 마이크가 그냥 내버려 둘 리 없었다. 그러나 끝내 그녀의 부드러운 속살은 만질 수 없었다. 지선이 일하는 업소까지 찾아가 행패를 부린 마이크는 업소를 관리하던 독수리파 조폭들이 나설 필요도 없이, 초미니 스커트도 개의치 않고 과감하게 뒤돌려 차기를 구사한 지선에게 단숨에 제압당하고 쫓겨났다.

온갖 불미스러운 짓을 저지르고도 무사할 수 있었던 것은 지역구에서 연거푸 세 차례나 국회의원으로 당선된 아버지의 방패막이 역할이 컸다. 마이크의 아버지는 자식이 또 사고를 첬다는 소식을 접할 때마다 긴 한숨을 토하며 경찰서의 높은 분들에게 전화 걸기에 바빴다. 그는 셋째 아들의 존재를 부정하고만 싶었다. 다행인지 불행인지 아버지의 수고는 마이크가 대학교 3학년에 올라가던 해로 끝을 맺었다.

중앙외고 들어갈 때와 마찬가지로 아버지의 빽으로 서울 명문대에 들어간 마이크는 그곳에서도 공부보다는 주색잡기에 몰두하며 흥청망청 세월을 보냈다. 그러던 어느 겨울밤, 마이크는 강남의 한 유흥가 골목에서 싸늘한 시체로 발견된다. 지금까지도 그를 죽인 진짜 범인은 밝혀내지 못하였다. 큼지막한 칼이 가슴 깊숙이 박혀 있는 걸로 보아 원한에 의한 살해를 당했을 것이라는 것과 그 칼이 그 일대 조폭들이 자주 사용하는 것이라는 정도만 겨우 밝혀졌을 뿐이다. 칼에서 독수리파 부두목의 지문이 나오면서 그가 유력한 용의자로 지목되어 잠깐 구속되긴 하였으나 증거 불충분으로 풀려난 뒤 지금껏 미제 사건으로 남아 버렸다.

마이크의 장례식엔 그의 부모님만이 참석하여 황량함을 더했다. 그의 부모님조차 식장에서 눈물을 보이진 않았다고 한다. 자업자득이라 할 수 있는 비참한 최후였다.

제롬 : 360도 회전 발차기

성혁과 달리 중학교 때까지 태권도부 선수였던지라 아주 세련된 자세로 이 기술을 구사한다. 위력 역시 성혁 못지않다.

아이작 : 콤비네이션 블로우

킥복싱 기술 중 하나. 펀치와 킥을 좌우로 세 번 이상 연속 작렬한다. 일단 한 번 발동되면 피하기도 어렵거니와 파괴력도 상당하다.

토비 : 개머리판 돌려치기

모 부대의 연대장으로 재직 중인 아버지의 친구에게서 받은 모형 K-2 소총으로 실전 부대에서 사용하는 것과 동일한 총검술을 구사한다. 특히 개머리판 돌려치기는 천하의 재덕도 맞고 기절했을 정도로 강한 공격력을 자랑한다.

제시카 : 「맹룡과강」에서 이소룡이 사용한 기술

그녀는 길이 1미터 정도의 긴 쌍절곤을 사용한다. 애초부터 이런 긴 쌍절곤을 사용하지는 않았다. 처음에는 영화 「말죽거리 잔혹사」에서 권상우가 쌍절곤을 휘두르는 모습에 반해 쿵후 도장을 찾아가 그가 구사한 기술을 가르쳐 달라고 청한 뒤 기술을 연마하였다. 그러나 그건 초보자들도 이틀이면 구사할 수 있는 8자 돌리기, 정면치기, 삼각치기의 연장에 불과하다는 걸 깨달은 뒤부터는 「맹룡과강」이라는 홍콩 영화에서 이소룡이 적들과 싸울 때 사용한, 손목을 친 다음 재빨리 머리를 치는 이름 모를 기술을 익혀 사용한다. 쌍절곤도 영화에서처럼 자기 키의 절반을 넘는 것으로 바꾸었다.

마이크 : 스트레이트 콤보 펀치

미국 어학연수 시절, 뒷골목 흑인 친구들에게 길거리 복싱을 배운 마이크는 싸움이 벌어질 때면 항상 글러브를 끼고 나타나 복싱 기술을 사용한다. 특히 한 번 발동되면 쉴 새 없이 쏟아지는 그의 스트레이트 콤보 펀치는 웬만한 아마 권투 선수 못지않은 기량이라고 칭찬을 받기도 하였다.

17 뉴타운

매봉산의 오른편, 서당동으로 불리는 이 지역엔 아이들의 교육을 최우선시하는, 혹은 상류층에 들었다는 것을 과시하고 싶어 하는 입주자들이 계속 몰려들었다. 더구나 이곳은 한강과 서울 시가지가 한눈에 내려다보일 정도로 조망이 훌륭한 곳이었다. 이런 프리미엄들로 인해 로또 1등 당첨금으로도 살 수 없는 아파트들이 부지기수로 생겨났다. 그러자 한마음이 된 서울시와 부동산 개발업자, 자신들의 집값을 더욱 높이려는 서당동 주민들은 매봉산의 왼편마저 먹어 버리고 싶어 하였다.

'용공고 이전 반대'라는 용공고인들의 거센 저항에 부딪히자 서울시 교육청과 서당동 주민들은 선뜻 용공고 이전을 단행하지 못한 채 우선 지켜보기만 하였다. 그들에게도 돈 없고 힘없는 학생들을 거리로 내몬다는 비난의 화살과 맞설 배짱은 없었다. 덕분에 용공고는 이전 명령이 떨어지고도 8개월을 더 중구와 성동구, 서당동과 옥수동, 즉 빈자와 부자를 가르는 상징적인 장소에 서 있을 수 있었다.

하지만 2008년 초, 개발과 성장을 국가의 최우선 목표로 부르짖는 정당의 대표가 대통령에 당선되고 곧이어 새로운 정부가 출범하면서 상황은 바뀌었다. 용공고 이전 명령을 막아 주지는 못했어도 용공고인들의 거센 저항운동을 눈감아 주었던 예전 정부는,

대학생들의 등록금을 무려 1000만 원 가까이 올려놓고

300만 실업자를 양산해 '88만원 세대'를 만들었으며

각종 물가 상승을 부채질하였을 뿐만 아니라

복지를 부르짖으며 세금을 더 걷을 궁리만 하여 국민들의 등골을 휘게 만든,

그래서 광화문과 시청 사이에 즐비한 신문사들로부터 무지하게 욕만 먹는

머릿속에서 하루바삐 지워 버리고 싶은 무능한 정부로 낙인찍힌 존재가 되어 버렸다. 그 방편으로 새 정부가 내놓은

정책은 무조건 찬성하였다. 서당동이 옥수동을 M&A하기 위한 옥수동 뉴타운 개발 사업은 그 속에 슬그머니 끼어들었다.

강남과 강북의 균형적인 발전을 위해 대치동에 버금가는 교육 중심지를 서당동에 만들겠다! 그 일환으로 옥수동에 재개발 사업을 추진하겠다.

지금은 여당이 된 당시 제1야당이 작년 여름 제출한 안건의 주요 골자였다. 뉴타운 개발 사업은 집권에 성공한 그들이 이를 실현하고자 꺼내든 법안이었다. 물론 그 뒤에 서당동 주민들의 거센 목소리가 있었음은 말할 필요도 없었다. 이 역시 서당동 설립, 용공고 이전 명령과 마찬가지로 초고속 스피드를 자랑하였다.

옥수동 달동네 주민들에게는 마른하늘의 날벼락 같은 소리였다. 그들에게는 매봉산 외에 딱히 갈 만한 곳이 없었다. 얼마 되지 않는 이주 보상비로는 몸 하나 뉘일 제대로 된 방 한 칸 마련하기도 힘들었다. 한때 그들의 이웃이 살았던 봉천동은 이제 그 흔적조차 찾아보기 어려울 정도로 고층 아파트들이 즐비하게 들어선 대규모 아파트 단지로 변모하였다. 은평구도 이미 지난 2년 전부터 뉴타운 사업이 추진되어 굴착기가 만들어 내는 모래바람이 거세었다. 최후의 보루 포이동마

저 마치 옥수동 빈민들의 미래를 보여 주려는 것처럼 그곳에 살고 있던 대다수 주민들이 전국 각지로 쫓겨난 다음 행정구역상 개포동에 흡수되면서 존재 자체가 사라졌다.

이는 용공고에도 비극적인 소식이었다. 옥수동 달동네가 사라지고 그 자리에 남산빌리지 같은 대규모 아파트 단지가 들어선다는 것은 용공고의 설립 목적을 뒤흔드는 실로 엄청난 사건이었다. 용공고의 설립 취지는 매봉산과 금호산 아래에 맞닿아 있는 금호동과 옥수동, 신당동과 한남동에 있는 실업계 지원을 희망하는 학생들을 육성하는 데에 있었다. 하지만 그럴듯한 취지와 달리 돈과 빽이 없어 제대로 교육받을 수 없는 학생들이 사회에서 낙오되지 않고 조금이나마 제 구실을 하며 살아갈 수 있게 최소한 고등학교 졸업장이라도 쥐어 주고자 존재하는 곳이라는 게 학교 안팎의 인식이었다. 용공고 학생들도 다들 그렇게 알고 있었다.

앞으로는 그럴 필요가 없을지도 모른다. 뉴타운 사업이 성공적으로 끝나면 매봉산 일대에는 돈 있는 사람들만 모여 살게 될 것이었다. 벌써부터 복부인들을 태운 고급 승용차들이 용공고 주변에 자주 출몰하였다.

제18대 국회의원 선거에서 중구와 성동구에 출마한 후보들은 모두 '옥수동 뉴타운 사업의 연내 추진'을 공약으로 내세웠어요. 옥수동을 제외한 신당동과 금호동 주민들은 자기네들 집값 상승을 노려 그 공약을 제대로 실천할 만할 후보를 고르느라 여념이 없었지요.

비단 이곳에서만 불었던 광풍은 아니었어요. 전국 뉴타운 사업 예정지에 사는 주민들은 하나같이 이랬으니까요. 신문이며 텔레비전에서 괜히 2008년 4월 선거를 '아파트 선거'라고 불렀던 게 아니에요.

-금호동 K초등학교 앞에서 문방구를 운영하는 A씨가

2008년 4월의 선거를 회상하면서 한 이야기

18 벚꽃 동산

정부 발표 이후 옥수 1동 주민 센터에는 전출 신고를 하기 위해 찾아오는 주민들이 눈에 띄게 늘어났다. 다들 얼마 되지도 않는 이주 보상비에 불만이 많았지만 정부를 상대로 싸워 봤자 이길 가능성이 없다는, 지난 반세기의 역사가 입증하는 진리에 굴복한 것이다. 용공고에서도 전학 가는 학생들이 속출하였다. 지난여름 서울시 교육청의 이전 명령에도 눈 하나 꿈쩍 않던 학생들이건만 뉴타운 사업 계획에는 도리가 없다는 듯 차례로 정든 학교를 떠났다.

옥수동 뉴타운 사업을 추진하는 새 정부의 수장은 말도 많고 탈도 많고 반대도 심했던 청계천을 끝내 복원하였고 지금은 칭송해 마지않으나 시행 당시에는 시민들의 거센 반대에 부딪혔던 버스 전용 차선제를 이룩하신 분이었다. 200여 세대 남은 달동네 주민들의 저항쯤은 사업 초기면 어김없이 불거져 나오는 사소한 불만 정도로 여겨졌다.

매봉산에서 펼쳐질 마지막 결전의 날이 서서히 다가오는데도 오호장군은 대결에만 몰두하며 훈련에 들어간 캡틴파이브와 달리 준비할 만한 여유가 전혀 없었다. 현승은 애초부터 퍼렁지오 주민이었으므로 개발 사업에서 한 발 비껴나 초연할 수 있었지만 나머지 멤버들은 거주한 기간에만 차이가 있을 뿐 모두 매봉산을 떠나서는 살 수 없는 전형적인 옥수동 달동네 주민들이었다. 그러나 자꾸 내쫓으려고 하는 상황에선 어쩔 수 없이 나갈 준비를 해야만 했다.

규태는 결혼을 약속한 국어 선생과 동숭동의 전셋집에서 신혼살림을 차리기로 하였다. 그녀가 다음 학기 초부터 혜화동에 있는 동성고에 다니기로 결정하였기 때문에 출퇴근이 용이하도록 근방에 있는 집을 알아본 것이다. 아직 졸업장을 받지는 못했지만 올 초부터 자신의 정비소에서 일하라는 구의동 정비소의 끈덕진 제안도 받아들였다.

현승은 선린정보고로 전학 가기로 정하였다. 그 학교에도 정보통신과가 있어서 전공을 계속 이어 나갈 수 있었다. 물론 가까운 수철정보고에도 같은 학과가 존재하긴 하였다. 하지만 그곳에 다닌다면 원한 많은 삼총사가 그를 가만히 내버려 둘리 없을 것이다.

지선은 신당동에 자그마한 원룸을 마련하였다. 한 달에도 몇백만 원의 수입을 올렸으므로 군이 옥수동 달동네에 미련을 가질 필요가 없는 그녀였다. 그러나 옥수동은 병든 어머니와 지난 10년 동안 함께했던 추억이 있는 공간이었다. 이제 그곳이 사라지려고 한다. 그녀는 갈 곳 없는 성혁에게 넌지시 자신의 집으로 들어올 것을 권하였다. 오직 성혁만을 바라보며 사는 홀어머니도 같이 모셔 오라는 것이기에 성혁을 향한 프러포즈이기도 했다. 성혁이나 그의 어머니가 반대한다면 지금 하는 일을 그만둘 각오도 되어 있었다. 오호장군의 멤버로 어깨를 나란히 하며 피 튀기게 싸우는 동안 지선은 남몰래 성혁에 대한 감정을 키워 나갔다.

성혁은 지선의 제의를 일언지하에 거절하였다. 그녀가 남자에게 웃음과 몸을 팔았기 때문은 아니었다. 그녀의 제의를 거절하는 게 오히려 그녀의 앞길에 도움이 될 것이라는 순수한 의도에서였다. 그는 목포에서 조그만 횟집을 운영하는 작은 고모에게로 내려가겠다는 재덕을 따라가기로 결심하였다. 일단 거기서 조촐하게 삶의 터전을 마련한 다음 자신의 앞날을 다시 설계하기로 계획했다. 그 외에는 아무것도 정해진 것이 없었다.

재덕은 할머니를 지지리도 모시기 싫어하는 고모에게로 간다는 것이 왠지 꺼림칙했지만 달리 도리가 없었다. 비록 만난 지는 2년밖에 안 되었지만 오호장군이라는 이름으로 여러 싸움판에서 콤비 플레이를 이루며 베스트 프렌드가 된 성혁이 함께 간다는 것이 그나마 작은 위안이었다.

달동네 주택의 외벽에는 빨간색 락카로 쓰여진 번호가 하나둘씩 늘어났다. 그럴 때마다 그 집 주인은 이웃들에게 작별 인사 한마디 없이 종적을 감추고는 하였다. 봄이 점점 깊어 가면서 매봉산 자락에는 매년 그랬듯이 흐드러지게 핀 벚꽃이 장관을 연출하였다. 매봉산에 봄이 찾아오면 용공고 학생들은 곧잘 수업을 젖히고 본관동 옥상에 올라가 매봉산의 절경을 감상하고는 하였다. 예전에는 한달음에 올라와 학생들을 교실로 내몰던 선생들도 2008년 봄에는 그들과 나란히 난간에 서 있기 일쑤였다.

학생들이 믿는 신은 저마다 달랐다. 하지만 각각의 신들은 용공고 학생들 마음속에서만큼은 하나로 움직여야 했다. 학생들의 소원이 모두 같았기 때문이다.

'학교와 동네까지 지켜 주시진 못하더라도 오래전부터 저 자리에 꿋꿋이 서 있던 벚꽃나무들은 꼭 지켜 주세요.'

신들이 옥상 난간에서 자신들을 향해 기도하는 학생들의

염원을 들어줄지는 미지수였다. 21세기 접어들면서 좀체 힘을 발휘하지 못하는 신들이었다. 옥수동 뉴타운 사업 계획 초안대로라면 저 벚꽃나무들 중 절반은 사라져야 했다.

매봉산에 흐드러지게 핀 벚꽃들을 감상하기 가장 좋은 곳이 응봉근린공원 사무소에서 만든 조망대라고 하는데 그건 틀린 말입니다. 매봉방송고 후관동 옥상으로 올라가 보세요. 감히 조망대와는 비교도 되지 않을 정도로 아름다운 풍경을 만나시게 될 겁니다. 용공고 선생 시절에는 저도 수업을 젖히고 가끔 학생들과 함께 그곳에 올라가 절경을 감상하고는 했습니다.

-한때 용공고에서 선생으로 재직하였던 H고교 영어 선생

M씨와의 인터뷰에서

19 예상

오호장군과 캡틴파이브의 4월 마지막 주 결전을 앞두고 정작 당사자들은 덤덤한 반면 인근 학교의 짱들은 촉각을 곤두세우며 관심을 보였다.

"이번에도 역시 오호장군이 중앙외고 놈들을 묵사발 내겠지?"

"모르지. 사실 이긴다 해도 매봉산을 떠야 하는 처지잖아. 어디 제대로 싸움할 흥이나 나겠어?"

"그렇겠지? 이번 싸움은 정말 캡틴파이브한테 승산이 있을지도 몰라."

독수리 오형제, 아마조네스, 삼총사와 신당동 시한폭탄도 모이기만 하면 위와 비슷한 대화를 나누었다. 그들 역시 승패를 쉽사리 짐작하진 못했다.

실력으로 보면 당연히 오호장군이나 최근 분위기는 캡틴파이브에게 다소 우세하므로 4월 싸움은 백중세

그들은 대체로 이러한 결론을 내렸다. 또 싸움의 결과와는 상관없이 만약 용공고가 폐교되어 오호장군이 떠나게 되면 매봉산의 새로운 왕좌에는 누가 오를 것인가에도 큰 관심이 모아졌다. 자연스레 그들 머릿속에는 일제히 캡틴파이브가 떠올랐다. 그러자 몸이 부르르 떨리며 주체할 수 없는 분노가 치밀어 올랐다.

캡틴파이브가 돈, 집안, 학벌을 자랑하면서 우쭐대는 건 그나마 참아 줄 수 있었다. 까놓고 말해서 자신들에겐 돈도 빽도 없으니까. 게다가 변변한 회사에 취업하기도 힘든 실업계나 SKY에 다섯 명도 입학시킬까 말까 한 최하위 인문계에 다니고 있지 않은가. 졸업해도 사회 하층민으로 향하는 에스컬레이터를 타게 될 게 분명해 보였다.

그들도 이런 자신들의 현실을 부정하진 않았다. 아니, 부정할 수가 없다. 이런 것들은 깡으로 해결되는 게 아니다. 하지만 싸움은 다르다. 적어도 싸움의 세계에서는 예금 빵빵한 체크카드가 없다고 낙오자가 되는 건 아니다. 마음만 맞고 싸움

만 잘하면 아버지가 청소부든 의원님이든, 사는 집이 궁궐이든 판잣집이든 상관없이 서로 어깨를 나란히 하는 친구가 될 수 있었다. 전교 등수는 물론 인문계, 실업계 같은 구분도 필요 없다. 오직 깡, 깡만이 중요할 뿐이다. 반드시 상대를 꺾겠다는 의지만 있으면 누구든 최강자가 될 수 있는 곳이 바로 싸움의 세계였다. 이 세계로 말할 것 같으면 노력하면 반드시 성공한다는 진리가 유일하게 통하는 곳이기도 하였다.

지난 2년 동안 오호장군만 만나면 얻어터지는 그들이었지만 독수리 오형제, 아마조네스, 신당동 시한폭탄 할 것 없이 모두 오호장군의 퇴장을 아쉬워하였다. 적으로 만났지만 적어도 그들에게는 왠지 모를 동지애를 느꼈던 것이다.

'너희도 우리처럼 치열한 인생을 사는구나!'

하지만 캡틴파이브에게서는 적의만 느낄 뿐이었다. 그저 부모 잘 만나 호의호식하는 귀공자들이라는 생각만 들었다.

특히 삼총사는 오호장군의 퇴장을 남일처럼 여기지 않았다. 한남동에서 옥수동으로 들어오는 대로에서 올려다보면 매봉산에서 금호산으로 연결되는 산줄기에 학교 셋이 나란히 붙어 있는 것처럼 보인다. 중앙외고를 중심으로 왼편에는 용공고가, 오른편에는 수철정보고가 자리한다. 왼편도 개발바람에 의해 사라지는데 오른편이라고 무사하리라는 보장이 없었다. 아토스로 불리던 삼총사의 멤버는 해가 지는 4월의 어느 봄날, 금호산에서 금호동 로터리로 이어지는 돌계단에 주저앉아 남산 저편으로 저물어 가는 석양을 바라보며 다음과 같이 읊조렸다고 한다.

"이렇게 한 시대가 저물어 가는구나! 우리는 언제 저 산 너머로 저물어 갈꼬?"

뒷날 밝혀진 바에 의하면 아토스는 이렇게 멋들어진 말을 늘어놓지 않았다고 한다. 그와 친한 수철정보고 전교 1등의 훌륭한 각색으로 탄생되었다는 후문이다.

오호장군이 유명해지는 데 캡틴파이브가 중대한 역할을 했다는 것은 부정할 수 없는 사실입니다. 재산, 지위, 학벌이면 모든 게 해결되는 현대 사회에서 이 모든 걸 갖춘 캡틴파이브가 누군가에게 진다는 건 또래 학생들에겐 아이러니하면서도 여간 통쾌한 일이 아니었습니다.

싸움의 세계였기에 우린 캡틴파이브를 꺾을 수 있었습니다. 이 사회에서 재산, 지위, 학벌이란 삼위일체를 내장한 그들을 이길 수 있는 방법은 이것 외에 아무것도 없었습니다. 그런 판타지가 펼쳐지는 세상이 다가올 것 같아 보이지도 않았습니다. 제가 용공고를 떠나던 2008년에는 더욱.

-오호장군 멤버로 밝혀진 액션배우 K씨가

모 여성월간지 기자와 했던 인터뷰에서

20 포효

결전의 날이 다가오자 독수리 오형제는 자신의 빽셔틀을 풀어 응봉근린공원 배드민턴 코트에 있는 네트를 몽땅 치워 버렸다. 그러자 대결 장소로는 안성맞춤인 드넓은 공터가 생겨 났다.

다음 주 월요일 저녁 6시부터 주민들의 공원 출입을 제한함

－응봉근린공원 공원 관리 사무소장

이런 안내문을 공원 관리 사무소 직원들 모르게 공원 곳곳에 붙여 놓아 이른 저녁에 공원을 산책하는 주민들이 볼썽사나운 꼴을 보지 않도록 조치를 취하는 친절도 보였다.

　삼총사는 전국 농구 선수권 대회를 여러 번 제패한 농구부와 함께 모교의 명물인 관악부를 모조리 용공고로 데리고 갔다. 오호장군의 교실이 죄다 몰려 있는 후관동 건물 앞에서 관악부는 삼총사의 강압에 못 이겨 매년 가을이면 열리는 매봉제 축제에서 선보이려 했던 연주곡들을 미리 연주하여야 했다. 수업 중이던 오호장군과 학생들 및 선생들은 전부 어리둥절해하며 이 뜻밖의 퍼포먼스를 감상하였다.

　"괴팍하기 그지없는 운명이여, 제발 우리가 저들을 꺾지 못한 채 떠나보내게 하지 말지어다!"

　관악기가 화음을 이루며 연주한 퀸의 「We are the Champion」이 용공고는 물론 온 매봉산 가득 울려 퍼지는 가운데 아토스가 이런 멋들어진 구절을 내뱉었다. 물론 또 한 번 전교 1등의 각색을 받은 것임은 말할 필요도 없었다. 용공고의 모든 학생들과 선생들은 장장 30여 분에 걸쳐 이루어진 수철정보고 관악부의 게릴라 공연을 제지하기보다는 끝까지 감상하였다. 연주가 끝나자 후관동 건물에서는 일제히 우레와 같은 박수가 터져 나왔다.

　비록 삼총사에 의한 강제 연주였지만 수철정보고 관악부가 보여 준 수준급의 연주는 그런 박수를 받을 만했다. 지금이야 워낙 농구부가 전국 대회에서 승승장구하고 졸업한 선배들이 여러 프로 농구팀에서 맹활약하는 바람에 수철정보고 하면 맨 먼저 떠오르는 것이 농구부가 되었지만 농구부가 아직 그 정도의 실력과 타이틀을 갖지 못하던 시절에는 관악부가 단연 학교의 상징이었다.

활화산은 장충단공원으로 오호장군을 초대하여 오호장군의 선전을 기원하는 술자리를 열어 주었다. 그들이 접수한 인라인스케이트장에서 오호장군은 신나게 인라인스케이트를 타면서 온갖 근심 걱정을 날려 버리고 모처럼 웃음꽃을 피웠다. 신당동 시한폭탄은 오호장군에게 떡볶이타운의 원조 신당동 떡볶이를 선사하였다. 아마조네스는 자기 학교 퀸카들과의 하룻밤을 제공하겠다고 나섰으나 오호장군은 정중히 거절하였다. 대신 모두 의상학과 소속인 아마조네스는 PS2게임 '진삼국무쌍'에 나오는 진짜 오호장군의 캐릭터 복장을 만들어 그들에게 선물하였다.

성혁은 가슴에 용이 새겨진 비단 곤룡포에 언월도를, 재덕은 온통 붉게 물들인 철갑옷에 사모를, 지선은 은빛 흉갑에 '一擊必殺 一騎當千(일격필살 일기당천)'이라고 새겨진 검을, 규태는 호랑이 투구에 끝이 날카로운 긴 창을, 현승은 여의주를 입에 문 용이 하늘로 오르는 모습이 새겨진 활통에 금박으로 활대를 입힌 활을 받았다. 코스튬 복장이라고 하기엔 너무나 화려하고 정교하여 오호장군은 이것들을 모두 지금까지도 고이 보관하고 있다. 한참의 세월이 흐르고 각기 자신의 분야에서 큰 성공을 거둔 오호장군 멤버들이 다시 모였을 때, 그들은 이 복장으로 후배들 앞에 나타났다. 그러고는 당당하게 자신들이 소문으로만 전해져 내려오는 매봉산의 오호장군임을 밝혔다. 한때는 적이었던 여러 서클들의 이러한 배려는 모두 4월 말에 있을 싸움에서 절대 지지 말라는 인심 좋은 협박이었다.

오호장군도 호의에 보답하고자 그들을 달맞이공원으로 초대하여 파티를 벌였다. 남소고 클럽사운드 동아리인 펠릭스(Felix)가 반주를 담당하였다. 물론 활화산의 협박에 의한 참석이었다.

성혁과 재덕 콤비는 각각 랩과 보컬을 맡아 MC 몽의 「아이스크림」을 불렀다. 현승은 곧 결혼할 김혜연 선생과 감미로운 듀엣곡인 김동률의 「기적」을 불렀다. 규태는 방송 데뷔를 눈앞에 둔 아이돌 그룹 멤버의 친구와 함께 SS501의 신곡에 맞춰 파워풀한 댄스를 선사하였다. 지선은 아마조네스와 의기투합하여 쥬얼리의 「One more time」의 반주에 맞춰 섹시 댄스를 춘 뒤 클라이맥스에서는 업소에서도 특A급 손님들이 요구할 때만 보여 준다는 봉춤을 선보이며 그 자리에 모인 남학생들의 가슴을 마구 설레게 만들었다. 펠릭스(Felix)도 다음 달 서울 청소년가요제에서 부를 노래를 미리 선보였다. 수철 정보고 전교 1등이 작사를 해 주었다.

가기 전에

작사 : 수철정보고 전교 1등

작곡 : 펠릭스(Felix)

가기 전에 가기 전에

잠깐만 기다려 줄래

아직 너에게 못 한 게 있어

이대로 널 보낼 수가 없어

너의 집 앞 골목길에서

시끄러운 세레나데 선사하면서

너를 좋아한다 고백하지 못했어

가기 전에 가기 전에

잠깐만 기다려 줄래

아직 너에게 못 한 게 있어

이대로 널 보낼 수가 없어

우리의 500일 기념일

너의 하얀 손가락에 반지 끼우며

너는 내 것이다 청혼하지 못했어

가기 전에 가기 전에

잠깐만 거다려 줄래

아직 너에게 못 한 게 있어

이대로 널 보낼 수가 없어

헤어지자는 너의 말에

눈물 대신 너의 눈물 닦아 주면서

꼭 행복하라고 이별하지 못했어

공연 끝에는 모두가 모여 캡틴파이브와의 대결에서 승리를 다짐하는 파이팅을 외쳤다. 몇 년 후 유명한 소설가가 되어 고등학교 학창 시절의 추억담을 담은 수필집을 선보인 수철 정보고 전교 1등도 현장에 있었다. 그는 그 광경을 책 176쪽에서 다음과 같이 서술했다.

"오호장군이라는 용공고 폭력 서클의 이름을 누가 지었는지는 아무도 모른다. 하지만 매봉산과 그 일대가 진정한 주먹을 얻지 못하고 극심한 혼란에 빠졌던 춘추전국 시절, 우후죽순 들어선 다른 서클들에 비하면 아주 잘 어울리는 훌륭한 이름이었다.

　전광석화(電光石火) 성혁

　백전노장(百戰老將) 규태

　위풍당당(威風堂堂) 재덕

　일기당천(一騎當千) 지선

　파죽지세(破竹之勢) 현승

그들은 가히 다섯 호랑이라 불릴 만하였고 그날 그들이 외친 파이팅은 매봉산을 무너뜨리고도 남을 호랑이들의 용맹스러운 포효였다."

오호장군은 그들끼리 따로 날을 잡아 수위 몰래 본관동 옥상에 올라 간소한 건배주를 나누었다. 안주와 술을 준비하기로 한 지선이 그날따라 업소에서 늦게 퇴근하는 바람에 새벽 늦게야 시작된 파티는 금세 여명이 밝아오면서 서둘러 파해야만 했다.

본관동 옥상에서 볼 때 아침 해는 옥수동 달동네가 자리한 매봉산 왼편 너머에서 솟아오르는 것처럼 보인다. 붉게 떠오르는 아침 해를 바라보며 그들은 캡틴파이브와의 대결에서

반드시 승리하겠노라 다짐했다. 지선이 업소에서 가져온 듣도
보도 못한 양주와 과일은 그날따라 무척 달고 맛있었다.
운명의 날은 점점 다가오고 있었다.

불과 얼마 전까지 해도 서로 으르렁거리며 싸우던 녀석들이 어깨동무를 하며 술을 나누어 마시고 이야기꽃을 피웠습니다. 자기가 상대를 때린 얘기, 상대에게 자신이 맞은 얘기들을 하면서도 불쾌해하기는커녕 잊어버린 추억을 되새기려는 것처럼 그날의 기억들을 더듬으며 서로 꿰어 맞추고 있었습니다.

아토스가 말했습니다.

"우리는 머리가 나빠서 또 까먹을 테니 네가 이것들을 잘 기억해 두었다가 나중에 이런 자리 생기면 다시 말해 줘."

오호장군의 전설이 제 수필집의 절반을 차지할 수 있었던 계기가 되었던 말이었습니다.

−소설가 J씨의 수필집 『금호산』의 개정판에 실렸던 작가 서문에서

21 추억

　2007년에 용공고는 새로이 방송영상과와 방송콘텐츠학과를 개설하였다. 그래픽디자인과 웹사이트 구축 등을 배우는 정보통신과와 더불어 추후 방송특성화고교로 거듭나기 위한 일환이었다. 그러나 두 학과는 교장의 야심찬 계획에도 불구하고 교육청의 이전 명령으로 겨우 2년 만에 단명할 처지에 놓이게 되었다.

　이 두 학과의 학생들이 훗날 '4차 응봉근린공원전투'로 기억될 싸움이 성사될 즈음부터 분주히 움직이기 시작하였다. 두 학과가 서로 합심하여 기념 영상 제작에 들어간 것이다. 의도는 '용공고를 기억하자.'였다. 방송영상과 학생들이 캠코더를 들고 다니며 학교의 이곳저곳과 매봉산 일대를 화면에 담왔다. 그럼 스튜디오에서는 방송콘텐츠학과 학생들이 밤을 새며 편집 작업을 했고 정보통신과 학생들은 그렇게 탄생된 영상물을 기념 시디에 담아내거나 인터넷 카페에 올리며 지원을 해 주었다.

기념 시디에는 따로 오호장군만을 위한 챕터도 마련되었다. 선생과 학부모 들은 물론 오호장군 본인들도 처음엔 이를 극구 반대하였다. 싸움이나 일삼는 무리들을 넣는다는 건 기념 시디의 제작 의미를 훼손하는 짓이라는 게 이유였다. 반대로 학생들은 강력히 집어넣을 것을 요청하였다.

표현 방법은 다소 거칠었지만 그들은 공고생이라고 무시받고 허구한 날 사고나 치는 문제아라고 손가락질받던 우리들을 지켜 준 수호자였다. 그러니 그들이 용공고 기념 시디에 들어가는 건 당연하다.

이것이 학생들이 내세운 주장이었다. 이들의 압도적인 찬성으로 기념 시디에 오호장군의 인터뷰가 들어간 챕터가 들어가기로 최종 결정되었다.

곧 방송영상과 학생들이 오호장군을 한 명씩 만나면서 인터뷰를 하였다.

"오호장군 멤버들과 함께했던 순간들 중 가장 기억에 남는 것이 있으면 말씀해 주세요."

　다들 난감하다는 표정을 지었지만 오호장군은 이내 자신들만의 추억을 하나둘씩 떠올렸다. 그러고는 카메라 앞에서 차근차근 이야기를 시작하였다.

　"할머니가 교통사고를 당해 병원에 입원하실 때였어."
　재덕의 말문이 열렸다. 작년 여름, 재덕의 할머니는 금남시장에서 장사를 마치고 집으로 돌아오던 중 뺑소니차에 치여 다리를 심하게 다쳤다. 다행히 생명에 지장은 없었으나 연로한 몸이었던지라 서둘러 수술하지 않으면 앞으로 다리를 쓰지 못하게 되는 위급한 상황이었다. 수술비 마련이 시급했지만 재덕에게는 그럴 만한 돈이 없었다.
　지선이 재덕의 다급한 사정을 듣고 그 돈을 마련해 보겠다고 나섰다. 성혁은 지선의 제안을 물리쳤다. 보나마나 업소를 찾아오는 손님들 중 돈 많은 놈을 골라 2차를 나갈 것이기 때문이었다. 재덕도 친구가 몸을 팔아 번 돈으로 할머니의 수술비를 마련하고 싶지는 않았다. 이렇게 오호장군 멤버들이 수술비 마련에 전전긍긍할 무렵 규태가 살며시 며칠 전 자신에게 들어온 제의를 말하였다.
　"예전에 내 밑에 있던 녀석이 지금은 은평구에서 독수리파의 비호 아래 조그만 나이트클럽을 운영하고 있어. 근데 보스의 명을 받고 이번에 서대문파와 한판 붙나 봐. 내가 출소했다는 소식을 듣고 한 번만 뛰어 달라고 사정을 하는 거야. 손 씻었다고 계속 거절했는데 이번 한 번만 딱 눈감고 뛸까 봐. 돈 좀 두둑이 챙기고 말이야."

재덕을 제외한 나머지 멤버가 규태와 행동을 같이하기로 결의하였다. 재덕에게 알리지 않은 건 녀석이 말릴 게 뻔했기 때문이었다. 규태가 옛 부하의 제안을 받아들여 3일 후 재덕을 제외한 오호장군은 처음으로 매봉산과 그 일대가 아닌 신촌의 모 나이트클럽에서 한판 살벌한 싸움을 벌였다.

상대는 캡틴파이브나 독수리 오형제 따위와는 차원이 다른 전문 조직폭력배들이었다. 그들이 휘두르는 연장들도 사시미 칼에 야구방망이, 자전거 체인 등 오호장군으로서는 한 번도 접해 보지 못한 살벌한 것들이었다. 하지만 성혁의 막장갑, 규태의 타이어 렌치, 지선의 T자와 현승의 당구 큐대 역시 무수한 싸움판에서 맹활약하며 살아남은 무기들이었다. 서대문파 조폭들은 오히려 기괴한 연장과 깡으로 작정하고 덤비는 네 명에게 휘둘리고 말았다.

치열하고 숨 막혔던 두 시간의 접전이 끝나고 규태의 옛 부하는 서대문파를 제압하라는 보스의 명령을 충실히 달성하였다. 오호장군은 황급히 규태의 옛 부하가 건네는 돈을 뺏다시피 받아들고는 곧장 재덕의 할머니가 입원해 있는 병원으로 향했다. 할머니의 수술이 무사히 끝나고 나서야 몰골이 말이 아닌 친구들의 모습이 눈에 들어온 재덕은 생전 처음으로 병원 로비에서 엉엉 소리 내며 울었다.

"미안하다. 우리가 할 줄 아는 게 이런 거밖에 없어서."

나머지 오호장군 멤버들도 수술비를 떳떳하게 마련하지 못했다는 죄책감에 소리 높여 우는 재덕을 말리지 못하고 머쓱하게 바라만 보았다. 재덕은 그 순간을 잊지 못해 방송영상과 학생들이 촬영하는 카메라 앞에서 조심스럽게 얘기한 것이었다.

한 달 뒤 성혁은 영화에 출연한다. 차기작을 준비 중이었던 K 감독은 우연히 오호장군이 서대문파와 맞붙었던 나이트클럽에 들렀다가 봉변을 당했다. 그 와중에도 감독은 성혁을 눈여겨보았다. 감독이 보는 앞에서 성혁은 장정 일곱 명이 각목을 들고 자신을 둘러싸고 있는데도 눈 하나 깜짝하지 않고 차례로 그들을 제압하였다.

액션 영화를 기획 중이었던 감독의 마음을 사로잡은 성혁은 신인이었음에도 불구하고 엔딩 크레딧 일곱 번째로 등장하는 비중 있는 역을 맡았다. 영화는 고등학생인 주인공이 축구를 좋아하는 서클을 만들었는데 옆 학교의 이름 있는 폭력 서클이 이들을 자신에게 도전하는 신흥 서클로 오해하고 공격하면서 벌어지는 비극을

담고 있었다. 거기서 성혁은 주인공의 축구 서클을 괴롭히는 옆 학교 폭력 서클 짱의 죽마고우이자 오른팔 역으로 나왔다.

불행히도 영화는 흥행에 참패하며 불과 2주 만에 극장에서 사라졌다. 그리고 2주 뒤엔 비디오로 초고속 출시되었다. 동원 관객 수는 고작 다섯 자리에 불과하다고 전해진다. 아마 관객 동원에 성공했다면 훗날 성혁의 데뷔작은 이 영화가 되었을 것이다. 하지만 골수팬들을 제외한 일반인들이 아는 성혁의 데뷔작은 2013년 대종상 영화제에서 그에게 남우신인상의 영광을 안긴 「다크 펀치 히어로」다.

-「추억」 에필로그

22 구애

규태는 인터뷰에서 자신이 국어 선생과 열애 중이라는 사실을 밝혀 촬영 중이던 방송영상과 학생들을 놀라게 하였다. 물론 기념 시디를 감상하던 용공고 학생들과 선생들도 마찬가지였다.

"김혜연 선생과 사귈 수 있었던 건 다 오호장군 녀석들 덕분이지."

지금 규태의 아내가 된 김혜연 선생은 처음엔 그를 사랑하지 않았다. 그럴 수밖에 없었던 것이 규태는 전과까지 있는 전직 조직폭력배였던 데다 여자관계마저 복잡한 바람둥이였다. 혜연은 담임이 되어 그와 대면할 때부터 그를 앞으로 자신의 골치를 썩게 할 문제 학생으로밖에 여기지 않았다.

규태는 그녀를 처음 본 순간부터 사랑에 빠졌다. 곧 그는 인생의 모든 것을 그녀에게 걸기로 결심하였다. 지저분한 여자관계를 정리하였고 수업 시간, 특히 국어 시간에는 착실히 열공하는 모습을 보여 주었으며 번번이 차이더라도 꿋꿋이 프러포즈를 하며 자신의 마음을 드러내었다.

규태의 순정이 혜연에게는 귀찮은 추파에 지나지 않았다. 마침내 2학년 1학기가 끝나고 여름방학이 시작된 지 얼마 지나지 않았을 때, 규태와 단둘이 만난 자리에서 그녀는 불쾌감을 드러내며 싫다는 뜻을 단호하게 밝혔다. 그 말에 큰 상처를 받은 규태는 며칠 동안 그답지 않게 우울 모드에 돌입했다.

"저러다 규태 형 큰 일 나겠는걸. 안 되겠다, 우리가 나서자."

성혁의 말에 오호장군은 다들 호응하여 움직였다. 다음 날부터 오호장군은 혜연의 집 앞에서 피켓 시위를 벌였다. 피켓에는,

"우리는 규태 형의 사랑을 지지한다."

"김혜연 선생님은 한 남자의 순정을 짓밟지 마라."

"제자도 선생을 사랑할 권리가 있다."

등등이 적혀 있었다. 작가 지망생이라고 알려진 수철정보고 전교 1등을 협박해서는 연애편지를 대필하게 하였다. 오

호장군에게 끌려와 반 강제로 남의 연애편지를 쓰게 된 전교 1등은 나름 반항한답시고 죄다 인터넷 언어로 편지를 도배했다.

완소고 볼매 혜연 쌤~~ 쌤만 생각하면 늘 안습.

단무지같이 보여도 부디 제 맘 받아주3 (TT)

국어 선생에게 그나마 해석 가능한 문장은 이 정도가 전부였다. 전교 1등이 쓴 마지막 연애편지의 전문은 그가 7년 뒤에 낸 수필집에도 실린다. 장맛비가 마구 퍼붓던 어느 날, 오호장군은 혜연의 집 앞에서 비를 홀딱 맞으며 무릎 꿇고 앉아 혜연이 규태의 마음을 받아 줄 때까지 떠나지 않겠다고 버텼다는 에피소드도 있었다. 그러나 이 모든 노력에도 혜연의 마음은 전혀 흔들리지 않았다.

그런 그녀가 규태의 사랑을 받아들인 것은 작년 가을이었다. 지선의 아이디어를 적극 활용한 덕분이었다. 그다지 새로울 것은 없었던, 많은 드라마에서 숱하게 써먹었던 고전적인 방법이었다. 신당동 시한폭탄이 오호장군의 협박을 받아 불한당 역을 소화하였다. 간단했다. 혜연이 지하철을 타기 위해 자주 이용하는 지름길에 숨어 있다가 불쑥 나타나서 그녀를 희롱하면 어디선가 규태가 나타나 그들을 응징해 그녀의 마음을 사로잡는다는 흔하디흔한 시나리오였다.

그래도 고전에 필적하는 탄탄한 구성 때문이었는지 혜연은 오호장군이 계획한 시나리오대로 잘 움직였고 신당동 시한폭탄도 오호장군의 협박을 두려워한 나머지 혼신의 연기를 펼치며 리얼리티를 살렸다. 혜연은 두려움에 몸을 떨었고 상황이 절정에 달했을 즈음 짠 하고 규태가 나타났다. 이제 놈들을 폼 나게 때려눕히고 국어 선생과 함께 유유히 사라지기만 하면 되는 완벽한 결말만 남은 것 같았다. 그런데 그쯤에서 그만 스토리가 틀어지고 말았다.

"내 앞에서는 제발 사람 좀 때리지 마. 당신이 사람 패는 거 보고 싶지 않아. 선생으로서 당신이 사랑하는 사람으로서의 부탁이야 제발."

혜연이 이렇게까지 사정하니 규태는 하는 수 없이 시나리오를 무시할 수 밖에 없었다. 신당동 시한폭탄은 규태가 혜연이 보는 앞에서 무방비가 되는 순간 연기를 떠나 실제로 돌변하였다. 하긴 언제 규태를 이렇듯 원 없이 패 보겠는가! 신당동 시한폭탄은 정말 무지막지하게 규태를 때려 그의 얼굴을 심하게 망가트렸다. 그것이 혜연의 동정심을 한껏 자아내었다. 그 일이 있고 나서 얼마 뒤 그녀는 규태의 애인이 되었다. 인터뷰 고백 전까지 용공고 학생과 선생 들은 까맣게 모르고 있던 X파일이었다.

소설가 J씨는 자신의 수필집에서 위와 같이 기술하였지만 사실 이건 오해다. 김혜연 선생은 규태가 신당동 시한폭탄에게 묵사발이 되도록 얻어맞는 걸 보고 동정심이 일어 마음을 돌린 것이 아니었다. 김혜연 선생과 인터뷰하며 오호장군도 모르는 새로운 사실을 밝혀내었다.

오호장군이 신당동 시한폭탄을 끌어들여 유치한 드라마를 찍기 일주일 전이었다. 혜연이 지금껏 매정하게 규태의 구애를 거부한 것은 애당초 그가 싫어서이기도 했지만 대학 재학 시절부터 무려 8년 동안이나 사귀어 온 애인이 있어서였다. 두 사람은 오랜 세월을 함께하였기에 주변 사람들 모두 둘이 곧 가정을 이룰 것이라는 데 전혀 이견이 없었다. 혜연도 그리 생각하였고 그가 원한다면 학교를 그만두고 그의 직장인 M그룹의 미국지사가 있는 뉴욕으로 따라갈 결심도 하였다.

그러나 일주일 전, 혜연의 오래된 애인은 느닷없이 그녀에게 이별을 통보하였다. 결혼을 약속한 다른 여자가 생긴 까닭이었다. 그의 새로운 애인은 뉴욕지사에서 근무하며 알게 된 M그룹 부사장의 차녀였다. 그녀의 집 앞에서 일방적으로 이별을 통보한 그는 제발 자신을 떠나지 말라는 혜연의 눈물 섞인 애원을 매정하게 거부하였다.

혜연의 손길을 뿌리치고 차에 오르려 할 때쯤 그에게 매서운 주먹이 날아들었다. 혜연의 집 앞 골목에 숨어 그녀가 올 때까지 기다리던 규태가 모든 광경을 지켜보고 분노를 참지 못해 그에게 주먹을 날린 것이었다. 몇 차례의 주먹이 더 혜연의 못된 구남친에게 날아들었고 그는 이마와 코에 붉은 피를 쏟으며 그 자리에서 쓰러졌다.

다음 날, 혜연은 어젯밤부터 첫사랑의 남자로 변해 버린 옛 애인의 병실에 찾아가 규태를 고발하지 않는 대신 순순히 그의 곁을 떠나겠다고 약속하였다. 그리고 자신도 모르게 규태에게 호감을 느끼게 되었다. 그것도 모르고 어젯밤의 일로 혜연에게 점수를 까먹었다고만 생각한 규태는 지선의 유치한 계획을 곰곰이 생각해 보았다.

–「구애」 에필로그

23 우정

현승은 작년 말에 있었던 사건을 추억이라 얘기하였다.

"녀석들 때문에 미련은 안 남았어."

배틀넷에서 아이디 'GoldenCue'를 들먹이면 모르는 사람이 없을 정도로 현승은 스타크래프트를 꽤나 잘하였다. 하지만 고2 때까지만 해도 게임은 그에게 지루하고 따분한 시간을 죽이는 여가 수단일 뿐이었다. 그러던 그가 겨울방학에 접어들면서 생각을 달리하였다. 아시아 서버에서 자주 만나며 자웅을 겨루던 'Demolitionman'이라는 아이디를 쓰는 친구가 프로 게임단에 들어갔다는 소식을 들은 지 얼마 되지 않아 모 케이블 방송에서 중계하는 프로 리그에서 W게임단의 선수로 활약하는 모습을 본 것이다.

‘뭐야, 맨날 나한테 지던 녀석이 프로 게임단에서는 에이스라고 치켜세우고 난리잖아. 그렇다면 나라고 못 할 게 없지.’

현승은 부모님과 오호장군에게는 알리지 않고 몰래 프로 게임단의 입단 테스트를 치렀다. 훗날 그 게임단은 ‘황제’로 추앙받는 전설의 프로게이머가 소속된 팀이 되어 한국 제일의 이동통신사 소속이라는 후광과 재정 지원을 등에 업고 팬들의 인기를 한 몸에 받았다. 입단 테스트는 32강 토너먼트로 치러지는데 1위를 한 단 한 명만이 들어갈 수 있는 아주 치열한 관문이었다. 토너먼트 현장은 수많은 프로게이머 지망생들로 발 디딜 틈이 없었다. 그 속에서 현승은 뒤늦게 발견한 자신의 재능에 스스로도 깜짝 놀라며 수많은 경쟁자들을 물리치고 정상을 향해 차곡차곡 올라가고 있었다.

마침내 현승은 결승전까지 올랐다. 자신의 새로운 동료가 될지도 모르는 예비 후보 두 명이 맞붙는 자리라 황제를 비롯한 게임단 소속 선수들과 감독도 자리하여 관전하기로 되어 있었다. 현승은 연신 마른 침을 삼키며 어서 시합이 시작되기만을 기다렸다. 수적으로 훨씬 우세한 놈들과 맞붙어 싸울 때도 하지 않았던 짓이었다. 오호장군에게 알리지 않은 게 조금은 아쉬웠다. 상대 선수는 같은 반 친구들이 모조리 동원되어 현수막과 피켓을 흔들며 그를 응원해 주고 있었다.

물론 오호장군이 이 사실을 알았다면 기꺼이 관중석에 자리하여 자신을 향해 파이팅을 외쳐 주었을 것이다. 그렇지만 결승전에서 승리하면 바로 합숙을 위해 게임단 숙소에 들어가야 하므로 용공고와 오호장군에게는 안녕을 고해야 한다. 응원은 와 주었겠지만 마음 한구석으로는 몹시 서운해했을 게 분명하였다. 현승은 도저히 그런 녀석들 앞에서 마음 편히 게임에 임할 수 없었다. 현승은 오히려 관중석에 자신을 응원하러 온 사람들이 아무도 없다는 게 안심되었다.

게임 시작 30분 전, 현승의 핸드폰이 부르르 떨렸다.

"현승아, 어디야? 활화산 녀석들이 독수리 오형제랑 아마조네스, 삼총사까지 모조리 끌고 와서 우리한테 쳐들어온대. 다들 응봉근린공원으로 가고 있으니까 너도 얼른 와."

'이럴 줄 알았으면 알릴걸.'

현승은 잠시 이런 후회를 하였지만 이내 빙긋 웃더니 잠시 뒤면 결승전이 펼쳐질 무대를 박차고 나왔다. 상대 선수는 기권승으로 손쉽게 게임단 입단의 영광을 차지하였다.

현승 역시 그날 응봉근린공원에서 삼총사와 맞붙어 손쉬운 승리를 거두었다. 오호장군을 꺾기 위해 여러 서클들은 활화산의 주도 아래 처음이자 마지막으로 연합 전선을 펼치며 오호장군의 본거지인 응봉근린공원으로 몰려들었다. 그렇지만 조직적으로 뭉치지 못하고 따로 노는 바람에 공원에 도착한 순서대로 각개격파를 당하고 말았다. 현승은 무대가 마련된 용산에서 전철을 늦게 타 끝물에야 겨우 공원에 도착할 수 있었다. 대신 제일 늦게 등장한 삼총사를 홀로 상대함으로써 오호장군 멤버로서의 체면치레는 하였다.

"미안하다. 그런 줄 알았으면 전화하지 않는 건데."

뒤늦게야 현승이 중요한 시합을 포기하고 온 사실을 안 규태는 현승에게 진심으로 미안하다는 말을 건넸다. 다른 멤버들도 괜스레 불러내 현승의 앞길을 막은 것 같아 감히 그의 얼굴을 똑바로 쳐다볼 수 없었다. 그러나 현승은 쿨한 사나이였다.

"내년에 또 있대. 그리고 앞으로 언제 삼총사와 활화산, 독수리 오형제와 아마조네스가 한데 뭉쳐 우리한테 덤비는 장관을 목격할 수 있겠냐? 다들 졸업반인데. 그러니까 다들 너무 미안해할 것 없어."

이날의 싸움은 이전에 같은 장소에서 벌어진 두 번의 싸움과 구별 짓기 위해 '3차 응봉근린공원 전투'라고 불렀다. 오호장군은 석 달 뒤에 다시 한판 큰 싸움을 벌인다. 당연히 4차 응봉근린공원 전투로 불렸는데 스케일이나 지명도 등에서 이전의 싸움을 훨씬 능가하였다. 잠시 후면 이 싸움의 전말도 확인할 수 있을 것이다.

현승은 다음 해에 다시 입단 테스트를 받았고 1등으로 통과하여 '황제'의 새로운 동료가 되었다. 이후 황제로부터 그의 전략을 모조리 물려받은 현승은 각종 게임 대회에서 승승장구하며 스승인 황제와 어깨를 나란히 할 정도의 실력과 인지도를 갖춘 프로게이머로 성장한다. 황제와 나란히 결승전에 올라 맞붙은 적도 있었는데 그 대결에서 이김으로써 스승의 눈에 통한의 눈물을 흘리게도 만들었다.

그렇게 절정의 기량을 뽐내던 현승은 성혁이 결혼하던 해에 돌연 선수 생활을 그만두고 소속 팀의 코치로 전향하여 그를 아끼는 팬들의 마음을 안타깝게 만들었다. 그러고 나서 다음 해엔 결혼을 하였다. 상대는 영화배우로 성공한 친구 성혁의 전속 코디네이터였다. 성혁의 결혼식장에서 그녀를 만나 첫눈에 사랑에 빠진 현승은 6개월간의 열애 끝에 그녀에게 용기를 내어 프러포즈를 하였다.

–「우정」에필로그

24 사랑

지선은 성혁을 좋아한다는 고백으로 촬영하던 방송영상과 학생들을 또다시 놀라게 하였다.

"그날 처음으로 내 마음을 그 녀석에게 보여 준 것 같아."

그러면서 그녀는 시계추를 작년 여름으로 돌렸다. 지선은 비록 술집에서 일하였지만 싸움이 붙어 얻어터지지 않는 이상 절대 2차를 나가지 않았다. 그녀와 몸을 섞고 싶어 안달이 난 손님들은 갖은 금전 및 선물 공세를 펼쳤지만 지선은 꿈쩍도 하지 않았다. 그러다 다른 손님이 얼굴에 멍이 든 지선과 전날 밤에 호텔에 갔다는 소식이라도 들으면 날을 잘못 잡았다며 땅을 치기도 하였다.

규태가 몸담았던 왕호랑이파가 강남에서 사라진 뒤 독수

리파가 그 일대에 새로이 들어섰다. 독수리파의 부두목도 지선에게 눈독을 들였다. 지선을 만나고자 어깨가 듬직한 검은 정장의 부하들을 잔뜩 대동하고는 용공고로 찾아온 적도 여러 번 있었다. 지선은 그에게서 받은 선물들은 모조리 버리거나 친구들에게 줘 버렸는데 액수로 따지면 몇천만 원이 넘었다. 지선은 그의 구애에 아랑곳하지 않았다. 독수리파의 부두목은 자신의 마음을 받아들이려 하지 않는 지선에게 슬슬 화가 치밀어 올랐다.

"널 가지려면 두들겨 맞아야 한다며?"

마침내 부두목은 생전 처음으로 여자에게 주먹을 휘둘렀다. 싸움에 단련된 지선이었지만 부하들이 보는 앞에서 자신을 때리는 그를 감당할 수는 없었다. 그 와중에도 그녀의 고운 얼굴에는 상처를 내고 싶지 않았는지 부두목은 얼굴만은 피해 가며 지선의 배를 가격하고 팔을 꺾는가 하면 고운 다리는 세차게 걷어찼다. 그리고 마침내 심하게 얻어맞아 꼼짝 못하는 지선의 몸을 강제로 범했다. 그녀는 원치 않는 남자의 몸을 받아들인 불쾌함에 주르륵 눈물을 흘렸다.

그날의 상처로 지선이 며칠간 학교에도 나오지 못하고 집에만 누워 있자 오호장군은 그녀에게 병문안을 갔다. 사건의 전말을 알게 된 성혁은 분노에 치를 떨며 놈을 혼내 주기 위해 기꺼이 막장갑을 끼었다. 상대는 강남 신흥 폭력 조직의 부두목이었지만 그런 건 조금도 개의치 않았다. 성혁은 혼자서 가겠다고 말했지만 재덕, 현숭, 규태는 다 함께 출동하기로 결의하였다.

그들은 디데이에 독수리파 부두목의 근거지인 개포동 오피스텔로 쳐들어갔다. 입구와 부두목이 자리한 사장실로 이어진 복도에서 치열한 난투극이 벌어졌다. 매봉산에서는 주먹의 전설로 통하는 오호장군이었지만 자신들보다 무려 다섯 배나 많은 조직폭력배를 상대한다는 건 아무래도 무리였다. 사장실 문 앞에서 제압당한 그들은 부두목 앞에서 신나게 두들겨 맞으며 무릎마저 꿇리는 수모를 겪었다. 하지만 부두목의 부하들도 절반은 성치 못하였다.

부두목은 한갓 고등학생 조무래기들에게 부하들이 반이나 당하고 사무실이 난장판이 된 것에 화가 났지만 침착하고 점잖게 자신에게 온 이유를 물어보았다.

"비록 지선이가 남자들에게 술과 웃음을 판다고 해도 너 따위가 함부로 할 수 있는 여자가 아니야. 반드시 너를 혼내 주고 사과를 받아 내려 했는데 분하다."

눈 하나 깜짝하지 않고 오히려 입술을 지그시 깨물며 자신을 노려보는 성혁에게서 부두목은 범상치 않은 기운을 느꼈다. 일순 부하로 만들고 싶다는 욕심이 생긴 그는 성혁에게 부하로서의 자질이 있는지를 테스트해 보고자 다음과 같은 제안을 하였다.

"친구들은 보내 주지. 대신 넌 요놈들을 주동하고 주둥아리를 함부로 놀려 댔으니 좀 더 혼나야겠다. 대신 내 주먹을 견디면 널 보내 주고 네가 원하는 대로 지선이한테도 사과하마."

성혁을 제외한 오호장군 멤버들이 방에서 나간 뒤 그는 부두목이 휘두르는, 테이프 감긴 각목에 사정없이 얻어맞았다. 그 각목은 강남을 접수할 때 부두목의 양손에서 맹활약을 펼쳤던 무기였다. 몇 차례 정신을 잃을 위기에 처하기도 했지만 부두목의 세찬 주먹을 견딘 성혁은 마침내 부두목의 테스트를 통과하고 그로부터 지선에게 사과하겠다는 약속을 받아 내었다.

지선은 오피스텔 정문에 피를 흘리며 널브러진 성혁을 부축하여 자신의 집으로 데리고 왔다. 학교를 사흘이나 결석하고 업소를 일주일씩 결근해 가면서 자신 때문에 피투성이가 된 성혁을 극진히 간호하였다. 별 볼 일 없는 자신을 위해 기꺼이 얻어맞고 피 흘려 주는 사람이 있다는 게 지선은 고마웠다. 그를 만나게 해 준 운명에도 감사했다. 그동안은 매봉산 아래에서 흔히 볼 수 있는 또래의 여자애들을 보면서 늘 자신의 운명을 한탄하던 그녀였다.

몸이 어느 정도 추슬러진 성혁이 이제 그만 떠나겠다고 말하던 날 밤, 지선은 생전 처음으로 자신이 원하는 남자의 몸을 받아들인 것에 대한 기쁨의 눈물을 흘렸다. 마당 옆 은행나무에서는 매미가 긴긴 밤을 시끄럽게 울어 대고 있었다.

독수리파 부두목은 성혁과의 약속을 지켰다. 지선을 찾아가 사과의 말을 건네었고 다시는 얼씬거리지 않겠다고 그녀에게 약속하였다. 성혁에게는 자기 밑으로 들어올 것을 권유하였다. 이에 성혁은 단번에,

"전 아직 학생입니다."

라고 말하며 거절하였다. 부두목은 별로 기분 나쁜 내색 없이 호탕하게 웃으며 졸업하면 다시 보자고 말하며 물러났다. 독수리파 부두목이 성혁을 다시 보는 일은 일어나지 않았다. 곧 독수리파도 경찰과 검찰의 집중 수사로 와해되면서 예전 왕호랑이파가 걸어갔던 길을 그대로 걸었다. 부두목은 현재 대전의 한 교도소에서 복역 중이다.

성혁은 독수리파가 무너지던 해에 저예산 액션 영화에 조연으로 출연하면서 배우로서의 이름을 서서히 알려 갔다.

—「사랑」 에필로그

성혁의 추억담은 기념 시디를 보는 사람들의 마음을 쓰라리게 하기에 충분하였다.

"은식이가 죽은 게 화가 나 녀석이 일하던 공사장을 때려 부술 때가 아니었나 싶은데……."

말을 꺼낸 성혁의 음성은 살며시 떨리고 있었다.

3학년 시작과 함께 성혁이 재학하던 토목건축과로 실습생을 요구하는 여러 건설회사의 요청서가 들어왔다. 예전에는 학생들을 모두 현장 실습에 내보고도 요청서가 남아돌았다고 전해지지만 당시는 성적순으로 잘라서 내보내야 할 만큼 상황이 어려웠다. 반 친구들은 전혀 몰랐지만 엄연히 도곡동의 명문 사립 중학교를 2년이나 다닌 성혁은 공부를 소홀히 하였어도 용공고 진학 후 반에서 늘 상위권을 유지하였다.

성혁에게 겨우 반 등수 하나가 밀려 상반기 현장 실습을 나가지 못하는 친구가 있었다. 이름은 김은식. 옥수동 달동네 출신은 아니었으나 금호동의 자그만 집에서 큰 고모 식구들과 기거하며 눈칫밥을 얻어먹고 있었다. 그의 어머니가 바람이 나서 도망가고 그런 어머니를 찾으러 나간 아버지마저 6년째 감감 무소식이자 은식은 할 수 없이 큰 고모가 살고 계시는 금호동으로 이사 와서 여태껏 집안의 자질구레한 일을 도맡아 하며 더부살이를 하는 처지였다.

혼자 몸이었다면 늘 나가라는 눈빛을 보내며 알게 모르게 구박하는 고모부 밑에서 참고 지내진 않았을 것이다. 은식에게는 두 살 터울의 여동생이 있었다. 올해 열일곱 살로 행당여고에 재학 중이었다. 자신에게는 모질게 구박하는 고모부가 여동생에게만은 이상하리만큼 다정다감하게 대해 주었고 은식과는 달리 인문계 고등학교까지 보내 주었다. 자신에겐 못되게 굴어도 동생에게는 잘해 주는 고모부가 그나마 고마워서 은식은 여전히 고모네 식구와 함께 살았던 것이다.

공부도 잘해 대학 진학반에 들어가 서울의 괜찮은 대학에 들어갈 수도 있는 실력이었지만 은식은 대학을 깨끗이 포기하고 일찌감치 취직을 하기로 마음먹었다. 그런 그에게 현장 실습은 놓칠 수 없는 기회였다. 실업계 학생이라는 푸대접과

박봉의 월급, 장시간 중노동에 시달린다 해도 어떻게든 붙어 있기만 하면 정규직으로 전환될 수 있을 것이기 때문이었다. 그런 기회가 고작 등수 하나 때문에 사라질 판이었다. 성혁은 요청서가 학교로 날아온 직후부터 담배도 안 피우던 은석이 툭 하면 후관동 옥상에 올라가 담배를 입에 무는 모습을 자주 보게 되었다.

"니가 가라. 난 예전부터 오라는 데가 있어서……."

신학기가 시작된 지 얼마 되지 않았을 무렵의 어느 화요일, 성혁은 후관동 옥상에 올라가 은식에게 퉁명스러운 말투를 가장하며 이런 배포를 보였다. 은식은 성혁의 말이 자신을 위한 거짓말이라는 것을 잘 알았다. 현장 실습 없이는 취업하기 힘든 게 당시 실업계 학생들의 현실이었다. 하지만 당장 자신의 처지가 급했던 은식은,

"고마워. 대신 내가 월급 받으면 너한테 제일 먼저 거하게 쏠게."

라고 뻔뻔스럽게 대답할 수밖에 없었다. 하지만 이 말에는 진심이 담겨 있었다. 은식은 하루에 열두 시간씩 뼈가 부서지도록 일하였어도 참으로 쥐꼬리만 한 월급을 받았다. 그랬어도 약속을 지키기 위해 월급을 손에 쥐자마자 곧바로 성혁에게 달려가 삼겹살을 배가 터지도록 사 주었다.

은식이 성혁에게 현장 실습을 양보해 준 데 대한 고마움을

표시한 지 이틀이 지났을 때, 그는 은평구 뉴타운 A구역 건설 현장에서 세상을 떠났다. 안전벨트 하나 없이 지상 12층에서 엘리베이터 설치 작업을 진행하다 그만 그를 지지해 주던 받침대가 무너지면서 30미터 아래 바닥을 향해 그대로 곤두박질친 것이다. 그렇게 꽃다운 청춘은 황량한 공사장에서 쓸쓸하게 지고 말았다.

오늘은 모처럼 일찍 끝나니 만나서 술이나 하자며, 아침 일찍 은식으로부터 전화를 받았던 성혁에게는 날벼락 같은 소식이었다. 그는 황급히 담임, 친구들과 함께 그의 시신이 안치된 병원으로 달려갔다. 성혁을 맞이한 건 얼굴조차 알아보지 못할 정도로 심하게 망가진 친구의 싸늘한 시신이었다.

나흘 뒤, 학교 운동장에서 치러진 은식의 장례식에서 그의 여동생은 하나뿐인 오빠의 영정 사진을 붙잡은 채 울고 또 울었다. 성혁은 울음을 참기 위해 먼 하늘만 바라보았고 그건 나머지 오호장군 멤버들도 마찬가지였다. 교장을 비롯한 스물아홉 명의 선생들과 350여 명의 학생들은 떠나는 운구차를 바라보며 눈시울을 적셨다.

그렇지 않은 자도 있었는데, 사고에 대한 책임이 있는 A건설사에서 조문 대표로 보낸 말단 과장과 은식의 고모부였다. 과장은 고모부에게 위로금을 전달하는 것으로 자신의 도리를 다 했다고 여긴 듯 돈 봉투를 건네자마자 사라졌다. 은식에 대한 애도나 남겨진 여동생에 대한 사과의 말은 전혀 없었다.

이러한 회사의 행태에 화가 난 성혁은 한 줌의 재로 바뀐 은식을 벚꽃이 흐드러지게 핀 매봉산 정상에서 고이 뿌려 주고는 곧장 공사장으로 향했다. 마침 국회의원 선거가 있던 날이라 법정 공휴일로 지정되어 공사 현장은 적막하기 그지없었다. 건설사 직원들을 만나면 전부 패 줄 생각이었으나 하는 수 없이 성혁은 공사 현장만 개판으로 만들었다. 뒤따라온 오호장군이 가세하자 그곳은 새 건물들이 탄생되는 축복의 현장이라기보다는 폭탄 테러가 벌어진 폐허에 가까웠다.

그래도 오호장군은 연행되지 않았다. 주변에 목격자가 없었던 것이 다행이었다. 아니 물론 있기는 하였다. 뉴타운이 들어서기 전까지 그곳에 얼기설기 모여 살았던 옛 주민들이 그들이었다. 그러나 그들은 자신들을 몰아낸 A건설사를 위해 목격자로 나서진 않았다. 오히려 그들은 멀리서 오호장군이 난동을 피우는 모습을 보면서 대리만족을 느꼈다.

"꼭 내가 녀석을 죽인 것만 같아. 현장 실습엔 그냥 내가 나가는 거였는데."

성혁은 이렇게 인터뷰를 끝마쳤다. 친구가 3주 전에 하늘나라로 떠났다. 이젠 학교도 매봉산을 떠나려 한다. 왜 정든 것들은 하나둘 자신의 곁을 떠나려고만 하는 건지 성혁은 처음으로 자신의 인생이 야속하기 그지없다고 느꼈다.

용공고 기념 시디는 성혁의 인터뷰를 끝마치고 2주가 지났을 때 전교생들에게 배포되었다. 몇 개월 뒤, 신당동의 한 산부인과로 은식의 여동생이 고모부와 함께 들어가는 걸 목격했다는 소문이 들려왔다. 사실 여부는 판명할 수 없었다. 오빠의 죽음과 함께 그녀는 학교를 그만두고 종적을 감추었다.

은식의 여동생은 현재 영화배우로 활동 중인 오빠 친구 K씨의 코디네이터로 일하고 있다. 고모부와 부적절한 관계였음이 밝혀지면서 고모로부터 쫓겨난 그녀는 학교를 그만두고 지방의 자그만 방직공장에서 박봉의 월급을 받으며 생활하였다. 그러다 몇 년 뒤, 공장 동료들과 모처럼 시내에 나가 영화관을 찾은 그녀는 스크린에서 오빠 친구 K씨를 발견하고는 놀랐다. 그녀는 곧장 서울로 상경하여 그를 찾았다. K씨는 그녀를 마치 한 식구처럼 받아들였다.

몇 년 후 그녀는 K씨의 결혼식에서 배우 출신의 신부로부터 부케를 받았다. 그녀는 신부와도 잘 아는 사이였다. 신부도 오빠와 오빠 친구와 마찬가지로 같은 고등학교 출신이었다. 그 학교는 매봉산 정상에 자리했다. 현재는 방송특성화고등학교로 변모하였다.

-「이별」 에필로그

26 응봉근린공원

응봉근린공원은 금호산과 매봉산에 걸쳐 광범위하게 형성된, 각종 운동기구와 쉼터, 전망대를 갖춘 종합 시민 공원이다. 2008년 4월 마지막 주 월요일 밤에 치러진 오호장군과 캡틴파이브의 전투는 이 드넓은 공원 안에 자리한 배드민턴 코트에서 펼쳐졌다. 배드민턴 코트는 중구와 성동구의 행정구역상 경계이기도 하다. 평소에는 네트가 쳐져 있어 아침이면 삼삼오오 모인 서당동 주민들이 배드민턴을 치는 곳이다. 그렇지만 결전의 날이 다가오면서 독수리 오형제가 네트를 말끔히 치워 버렸다는 사실은 이미 언급한 바 있다. 네트가 사라지자 수십 명이 맞붙어도 충분할 만큼 넓은 공간이 탄생하였다. 공원 사무소 직원은 눈 뜬 장님이나 마찬가지였다.

평소 같았으면 4월 마지막 주 월요일은 딱히 특별할 게 없는 날이었어야 했다. 지난주에 각 학교에서 치러진 중간고사 결과가 발표되어 선생과 학생 들의 속을 뒤집어 놓았다는 것과 그날따라 초여름을 연상시킬 정도로 날이 무척 더웠다는 것. 곧 매봉산의 두 라이벌이 크게 한판 붙는다는 것 정도가 다른 날과 구별되는 유일한 차이점이랄까. 하지만 이건 어디까지나 매봉산 일대 고등학생들이 바라본 시각이었다. 어른들에게는 대단한 사건이 무려 두 건이나 벌어졌던 날이었다. 9시 뉴스에까지 나올 정도로 그 스케일이 대단했다.

일단 서당동 주민들의 대규모 집회가 있었다. 지난 4월 초 국회의원 선거에서 주민들은 옥수동 뉴타운 계획 확정, 남산의 고도 제한 철폐, 종부세 폐지 등을 공약으로 내건 집권당 여성 대변인 출신 후보를 적극 지지하였다. 상대 후보와의 압도적인 표차로 그 후보는 어렵지 않게 당선이 되었다. 서당동 주민들은 자신들이 요구한 공약이 차근차근 실현되리라는 기대감에 한껏 부풀어 올랐다. 그런데 머지않아 그 기대감에 찬물을 끼얹는 사태가 발생하였다.

더 이상의 뉴타운 계획은 없다. 옥수동 뉴타운 계획도 전면 재검토하겠다.

노블레스 오블리주 정신에 입각하여 종부세는 계속 유지되는 게 바람직하다.

남산의 미관을 유지하기 위해서 남산 주변 일대 아파트와 건물 등의 고도 제한 철폐는 재고해 보아야 한다.

이런 서울시와 정부의 발표가 연이어 쏟아져 나오면서 배신감에 휩싸인 서당동 주민들이 급기야 자신이 뽑은 후보자의 사무실이 있는 신당동 사거리에서 대규모 시위를 열기로 작정한 것이었다.

또 다른 사건도 역시 집회였다. 더구나 촛불집회였다. 이번엔 금호초등학교, 금북초등학교, 청구초등학교 등 매봉산 아래에 있는 여러 초등학교의 6학년 졸업반 학부형들이 주도한 것이었다. 이 일대는 초등학교가 무려 일곱 개나 있는 것에 반해 중학교는 남녀를 다 합쳐도 고작 세 개밖에 되지 않았다. 이 셋 중 서당중학교는 제외된다.

서당동이 생길 당시 로비를 벌인 서당동 주민들은 자신들의 동네를 교육의 중심지로 만들 계획이며 그러기 위해선 비평준화 지역이 되어야 한다고 시청 관계자들에게 성토하였다. 그들의 요구는 받아들여졌고 '혁신 지역'이라는 명목 아래 서당동의 유일한 중학교인 서당중에서는 매년 초 서울 각지에서 모인 수재들을 대상으로 한 입학시험이 치러졌다. 서당중 경쟁률은 웬만한 명문대 유명학과의 경쟁률을 상회하고도 남왔다. 사정이 이렇다 보니 서당중 바로 코앞에 집이 있는데도 입학시험에 떨어졌거나 감히 시험을 치를 엄두가 나지 않는 초등학교 졸업생들은 저 멀리 성수동이나 응봉동, 도선동 등지에 위치한 중학교로 통학해야만 했다.

이런 울분을 품고 있던 많은 학부형들이 4월 마지막 주 월요일 밤에 마침내 들고 일어선 것이다. 그들은 '혁신 지역' 해제 및 서당중의 평준화 전환을 부르짖으며 달맞이공원에 모여 동호터널을 지난 뒤 신당동 사거리를 지나 동국대 후문의 앰버서더 호텔 샛길을 통과, 삼성제일병원을 거쳐 중구청까지 이동하여 거기서 항의 집회를 한다는 계획을 세웠다. 서로 약속했던 건 아니지만 정서와 계급을 달리하는 두 집단이 공교롭게도 신당동 사거리라는 장소에서 마주치게 될 판국이었다.

지역 경찰들은 집회보다도 두 집단의 충돌을 우려하였다. 시에서는 서둘러 지역 경찰과 전경 들에게 집회를 사전에 원천봉쇄하라는 명령을 내렸다. 과격 세력은 체포 전담조를 투입해 검거하라는 내용도 함께 지시하였다. 더불어 물대포 사용도 승인되었다.

이로 인해 응봉근린공원 혈투는 상대적으로 묻히고 말았다. 그러나 집회 따위 관심 없는 학생들은 죄다 배드민턴 코트로 몰려들었다. 매봉산 일대는 집회 차단을 위해 경찰들이 죄다 출동하는 바람에 치안의 공백지가 되어 버렸다. 경찰들

과 공원 관리소의 제지가 전혀 없는 가운데 오호장군은 캡틴
파이브와 진검 승부를 겨룰 수 있었다.

구경하는 학생들이 둥그렇게 둘러서서 큰 원을 만들었고
그 안에서 매봉산의 양대 라이벌은 각자 자신의 연장을 들고
맞붙었다. 구경꾼 중에는 누가 이길 것인지를 놓고 내기를 하
는 무리도 있었고 인터넷 카페에 올리기 위해 폰카로 동영상
촬영을 하는 녀석들도 있었다. 그렇지만 한 가지 일치하는 게
있었으니 오호장군이 맞을 땐 탄식하고 반대로 그들이 때릴
땐 환호성을 질렀다는 것이다.

수차례 치른 싸움에서처럼 성혁과 재덕은 콤비플레이를 이
루었다. 캡틴파이브도 이전과는 달리 제롬과 토비가 호흡을
맞추었다. 예전엔 성혁 — 재덕 콤비가 상대를 하나씩 각개격
파 하는 식으로 싸움을 쉽게 풀어 나가고는 했다. 그런데 이
번엔 상대도 똑같은 수로 맞대응하였다. 결국 두 콤비들끼리
지루한 공방전을 계속할 수밖에 없었다. 성혁이 날리는 360도
발차기를 토비의 개머리판이 막는다. 제롬의 돌려차기는 재덕
의 쇠 파이프로 방어한다. 토비의 총검술을 성혁은 가벼운 몸
놀림으로 죄다 피하고 제롬의 이단 옆차기를 맞은 재덕도 잠
깐 비틀거릴 뿐 끄떡없다. 이런 식의 반복이었다.

두 여학생의 싸움도 난형난제, 용호상박이었다. 얼짱 미녀
들의 손에 각각 들려 있던 T자와 쌍절곤이 상대를 치기 위해

허공을 수도 없이 갈랐으나 죄다 그녀들의 잘빠진 몸매를 살짝 스치기만 할 뿐이었다. 그래도 둘은 상대를 잡아먹을 듯한 독기 어린 눈으로 가빠진 호흡을 고르며 T자와 쌍절곤을 비껴 잡고 싸움을 계속하였다.

승부가 기울고 있는 쪽도 있었다. 마이크와 붙었던 현승은 초반에 녀석에게 큐대를 빼앗긴 뒤 권투 글러브를 낀 마이크의 훅에 두들겨 맞았다. 이미 상당히 찢어져 시야를 가리는 왼쪽 눈이 싸움을 방해했고 어금니가 떨어져 나간 자리에는 피가 줄줄 새어 나와 찝찝한 피 맛을 맛보아야만 했다. 반대로 마이크는 초반에 너무 달려들었다는 듯 숨을 헐떡거리긴 했지만 상처 하나 없는 깨끗한 몸으로 현승과의 다음 라운드를 준비하였다.

반대로 규태와 아이작의 대결은 시종일관 규태의 우세였다. 시작하기가 무섭게 타이어 렌치에 달린 스패너에 얻어맞아 다리를 절었던 아이작은 비장의 기술 콤비네이션 블로우를 구사할 수 없었다. 이어 타이어 렌치에 양팔마저 얻어맞은 그는 더 이상 아무것도 할 수 없었고 규태는 그 뒤부터 연장을 쓸 것도 없이 조직폭력배 시절, 수많은 상대 조직원들을 때려눕힐 때의 매서운 주먹으로 아이작의 얼굴과 배를 사정없이 가격하였다. 곧 승부가 갈렸고 그로 인해 오호장군과 캡틴파이브의 전체적인 싸움 형국도 달라지게 되었다.

규태가 얻어맞고 있던 현승을 대신하여 마이크와 상대했다. 현승을 담당하느라 많이 지친 마이크는 규태가 내지르는 주먹을 피하지 못하고 연신 얻어맞았다. 때마침 정신을 되찾은 현승이 시야가 흐릿한 가운데에서도 자신의 금큐대를 찾았다. 싸움 초반 자신의 손에서 떨어져 나갔던 큐대를 찾은 그는 외마디 기합과 함께 큐대로 마이크의 정수리를 내리쳤다. 그의 필살기인 '공중 내려치기'였다. 거구의 마이크는 매봉산이 가득 울릴 정도로 요란한 소리를 내며 피를 흘린 채 기절하였다.

지선은 동료들의 도움 없이 제시카와의 싸움을 끝냈다. 그녀가 휘두르는 T자를 번번이 피하던 제시카는 갑자기 날아온 지선의 T자에 당황한 나머지 균형을 잃고 쓰러졌다. 이어 제시카의 얼굴을 향해 지선의 나머지 T자도 덮쳐 왔다. T자에 정통으로 맞고 왼쪽 볼이 크게 찢어진 제시카는 피를 흘렸다. 고운 얼굴에 흠이 간 것에 충격을 받은 제시카는 곧 전의를 상실하여 지선의 발길질에 무력하게 쓰러졌다.

전세가 역전되자 오호장군 멤버는 일제히 제롬—토비 콤비에게 덤벼들었다. 토비의 K-2 소총은 재덕의 쇠 파이프까지는 겨우겨우 막았으나 현승의 큐대를 막을 수는 없었고 제롬 역시 규태의 타이어 렌치와 지선의 T자를 간신히 피했으나 성혁이 작렬한 360도 회전 발차기는 끝끝내 피할 수 없었

다. 그들도 다른 멤버들과 같이 코트 한편에 조용히 쓰러져야
할 운명이었다.

싸움이 끝났다. 이번 전투에서도 승자는 역시 오호장군이
었다. 이긴다 해도 매봉산을 떠나며 왕좌의 자리를 넘겨야 할
지도 모를 운명이므로 이번 싸움만큼은 허탈감과 무기력에
빠진 오호장군을 캡틴파이브가 이길 거라 예상했던 일부 학
생들은 내기에 건 판돈을 허망하게 잃고 공원을 떠났다.

오호장군은 널브러진 캡틴파이브를 보며 우렁찬 함성을 내
질렀다. 그들의 싸움을 끝까지 지켜본 독수리 오형제와 아마
조네스, 활화산과 신당동 시한폭탄, 그리고 삼총사는 엄지손
가락을 치켜세우거나 박수를 치며 그들이 역시 매봉산의 부
정할 수 없는 일인자임을 인정하였다. 주위에서 오호장군의
승리를 기원하며 그들을 응원했던 학생들은 환호성을 지르며
승리를 축하했다.

싸움에서 승리는 거뒀지만 마이크에게 많이 얻어맞은 현
승과 토비의 개머리판에 맞아 팔이 부러진 재덕은 황급히 병
원으로 달려가야 했다. 고별전에 임하는 캡틴파이브의 각오
가 그 어느 때보다 뜨거웠다는 증거였다. 하지만 떠나는 오
호장군의 명성만 한껏 더 드높여 주었을 뿐 그들을 꺾겠다던
캡틴파이브의 의지는 또다시 좌절되고 말았다.

후일 이들은 이 싸움을 4차 응봉근린공원 전투라 칭하였

다. 매봉방송고의 단편영화에는 이 장면에만 무려 10여 분의 러닝 타임이 할애되었다. 금호동 출신의 젊은 소설가 역시 수필집에서 이 싸움의 전말을 무려 스무 쪽에 걸쳐 장황하게 다루었다. 그만큼 당시 그 일대 고등학생들 사이에서는 두고두고 회자되었던 명승부였던 것이다.

매봉산에 만개하였던 벚꽃들이 하나둘 모습을 감추었다.

4차 응봉근린공원 전투와 같은 날 밤에 벌어진 두 집회는 결국 소기의 목적을 달성하지 못한 채 조기에 해산되었다. 체포 전담조까지 두면서 집회를 뿌리 뽑겠다는 시 당국의 강한 의지가 불러온 쾌거(?)였다. 그러나 집회 세력의 불만은 후일 다소나마 해결된다.

정부는, 종부세의 경우 폐지는 안 되더라도 대폭 완화할 것이며 남산 고도 제한도 부분적으로 해제하겠다고 발표한다. 옥수동 뉴타운 사업도 차질 없이 진행해 기어이 옥수동 달동네와 용공고를 매봉산에서 몰아내는 데 성공한다.

서당중은 2009년부터 평준화 학교로 바뀐다. 그렇다고 해도 서당중에 입학하는 대다수 학생들은 변함없이 서당동 주민들의 자제였다. 납부금이 다른 학교에 비해 턱없이 비쌌던 까닭이다.

–「응봉근린공원」 에필로그

4차 응봉근린공원 전투에서 오호장군이 승리하고 나서 몇 주가 흘렀다. 매봉산의 트레이드마크인 하얀 벚꽃들은 조금 일찍 찾아온 땡볕의 무더위에 자리를 내어 주고 사라졌다. 벚꽃과 함께 사라진 것들은 또 있었다. 매봉산 왼편의 달동네 주민들이었다. 주민들이 떠난 달동네의 낡은 집들은 굴착기와 불도저 앞에서 힘없이 무너져 내렸다.

일부 주민들은 터전을 떠나지 않고 옥수동 달동네의 유일한 고층 건물이었던 M빌라 옥상에서 장기 농성을 벌이기도 하였다. 일부 언론에서는 이를 두고 이주 보상비를 한 푼이라도 더 받아 내기 위한 추잡한 투정이라고 보도하였지만 그들의 요청은 단지 새로 들어설 아파트 단지 한편에 자신들이

기거할 수 있는 장기전세주택이나 영구임대주택을 마련해 달라는 것뿐이었다. 그들의 요구는 단 3일 만에 묵살되었다. 전례 없이 경찰특공대까지 동원된 진압작전으로 불과 15분 만에 농성자들은 모두 연행되어 범법자라는 낙인이 찍힌 채 정든 동네와 이별을 고해야 했다. 특공대들이 탄 컨테이너를 크레인에 매달아 곧장 옥상으로 침투하여 농성자들을 제압하는 이 진압 방법은 다음 해 용산 철거민들 농성에서 다시 한 번 쓰인다.

그런데 서당동 주민들의 바람과는 달리 용공고는 굴착기와 불도저가 일으키는 흙먼지 속으로 사라지지 않았다. 서울시 교육청이 용공고 이전 문제를 7월에 치러지는 교육감 선거 이후에 다시 검토하기로 방침을 바꾼 것이었다. 그리고 최초로 국민직선제로 치러지는 2008년 전국 교육감 선거에서 서울시에 출마한 야당 출신의 한 후보는 어느 일간지와의 인터뷰에서 다음과 같이 출마의 변을 밝히며 용공고에 회생의 불씨를 지폈다.

서당동 주민들을 위해 서당동보다 오랜 역사를 지닌 용공고를 없앤다는 것은 현 정부의 어처구니없는 교육정책을 가장 잘 대변해 주는 것이다. 만약 용공고가 용외고나 용과고였으면 교육청이

　용공고 학생과 학부모, 선생님 들은 J후보에게 큰 희망을 걸었다. 만약 그가 당선되면 용공고는 2008년으로 그 수명을 다하지 않을 수 있었다. 그들은 매봉산에서 달동네 주민들과 벚꽃나무들을 지켜 내지 못했다. 하지만 용공고만큼은 반드시 지켜 내고 싶었다. 7월 말에 치러진 교육감 선거에서 용공고 학생들의 학부모들은 한 명도 빠짐없이 모두 학교에 모여 투표소가 마련된 옥수 1동 주민 센터로 일제히 행진하였다.

　선거는 기호 1번의 승리로 끝났다. 그는 용공고 이전 명령을 내린 전임 서울시 교육감이었다. 용공고 학생들이 밀었던 후보 J씨는 고작 2천여 표 차이로 아깝게 고배를 마셨다. 아이러니한 것은 J씨가 강남의 세 개 구와 강북의 중구에서만 밀렸을 뿐인데 결국은 졌다는 것이다. 2008년 교육감 선거의 총 투표율은 고작 15.4퍼센트. 그러나 강남 세 개 구와 중구의 투표율은 무려 80퍼센트에 육박하였다. 그곳 주민들은 대부분 기호 1번을 지지하였다.

당당히 서울 시민(?)들의 선택을 받아 다시 한 번 교육감의 자리에 올랐다고 생각하는 기호 1번은 그들이 바란다고 믿는 정책들을 차근차근 만들어 시행하였다. '고교자율선택제'를 실시해 학생들이 자기가 다닐 고등학교를 자유롭게 선택할 수 있게 하였다. 그렇지만 학생들의 선택을 받지 못하거나 각종 평가를 나쁘게 받은 학교에는 폐교 등의 퇴출 조치를 내렸다. 전교조의 반대에도 불구하고 여러 잣대를 내세워 전국의 모든 선생님들을 평가하여 역시 나쁜 평점을 받은 선생들은 교단에서 내몰았다. 0교시와 야간자율학습의 부활, 매달 치러지는 각종 시험 등으로 인해 학생들은 매일같이 '서울, 잠 못 이루는 밤'이 되었다. 그리고 지난 11년간 매봉산 정상에 우뚝 서 있던 용공고가 마침내 역사의 뒤안길로 사라졌다.

용공고의 마지막 날엔 아침 조회부터 선생이고 학생이고 할 것 없이 서로 눈이 마주칠 때마다 눈물을 쏟아 내었다. 성혁도 흘러내리는 눈물을 감추기 위해 몰래 실습동 기자재실에 숨어들었다. 먼저 그곳을 찾은 지선과 마주했을 땐 서로 끌어안고 굵은 눈물을 뚝뚝 흘렸다.

교장선생님이 모든 학생들이 지켜보는 가운데 정문에 걸려 있던 현판을 떼어 내면서 용공고의 폐교식은 막을 내렸다. 용공고 마지막 교장으로 기록되는 그는 현판을 집안의 소중한 보물로 간직하겠다고 말하고는 현판과 함께 조용히 자신의 차에 오른 다음 매봉산을 떠났다. 4년 뒤, 되돌아온 현판은 본관동 1층에 마련한 역사관 진열대에 놓인다. 하지만 훗날의 일을 알 길 없는 학생과 선생 들은 떠나는 교장과 현판을 바라보며 다시 한 번 비통한 심정에 잠겼다.

오호장군은 각자 제 갈 길을 찾아 뿔뿔이 흩어지면서 용공고처럼 조용히 자신들의 존재를 매봉산에서 지웠다. 그들의 전설을 꿰고 있는 매봉산 아래의 학생들은 이제 두 번 다시 그들이 오호장군이라는 이름으로 뭉칠 날은 찾아오지 않을 걸로 여겼다. 그러나 몇 년 뒤 그들은 다시 뭉치게 된다.

오호장군이 사라진 후 매봉산의 왕좌는 예상대로 캡틴파이브가 차지하였다. 하지만 캡틴파이브 천하는 그리 오래가지 못하였다. 그들을 비롯해 그들의 강력한 라이벌이었던 독수리 오형제며 아마조네스, 삼총사, 신당동 시한폭탄은 모두 당시 3학년에 재학 중이었다. 그들이 죄다 다음 해 초에 졸업을 하면서 매봉산과 그 일대는 무주공산이 되어 버렸다.

호랑이들이 사라진 산속에서 왕이 되겠다고 설치는 여우는 없었다. 그저 조무래기 몇 명만이 싸움 좀 한다고 거들먹거리며 교내에서 애들을 패고 삥을 뜯거나 여학생들에게 수작을 걸 뿐이었다. 중구청 문화재관리과 직원이 광희문 석벽에 묻은 핏물을 닦을 일도, 청구지구대와 신당지구대의 경찰들이 전부 떡볶이 골목이나 장충단공원으로 출동하는 호쾌하고 스펙터클한 싸움도 더 이상 벌어지지 않았다.

뉴타운 개발 사업으로 매봉산 왼편의 달동네는 이제 남산빌리지 2차라는 이름의 새로운 아파트 단지로 변모하였다. 옥수동은 그곳마저 서당동에 내어 주고 매봉산 아래의 작은 동네로 전락하였다. 옥수동의 몰락을 아쉬워하던 한 희곡 작가는 이렇게 아쉬움을 토로하였다.

이젠 제 작품명을 바꿔야 할 것 같습니다. 『옥수동에 서면 압구정이 보인다』가 아니라 『압구정에 서면 옥수동이 보인다』라고 말입니다.

−희곡 작가 K씨가 어느 문예지와 한 인터뷰에서

용공고가 있던 자리에는 서당동 주민들의 소원대로 그들의 자제들이 다닐 초등학교가 들어섰다. 3년 뒤에 다시 그 자리에 매봉방송고가 들어서면서 단명하고 말지만 이 기간 동안 서당동 주민들은 그곳에서 자식들이 이 사회를 이끌어 나갈 엘리트가 되기 위한 첫걸음을 내딛게 하였다. 용공고 운동

장을 그대로 물려받았지만 그곳에서 뛰어노는 아이들은 거의 없었고 엄연히 한국 땅임에도,

"하이, 하우 아 유?"

"파인땡쓰 앤드 유?"

"아임 파인."

같은 미국 본토 발음의 영어를 심심치 않게 들을 수 있었다.

> 잠정적으로 서당초등학교라고 이름 붙여진 옛 용공고 부지에서 리모델링 공사를 하던 2008년의 어느 여름날이었습니다. 정글짐을 세우기 위해 땅을 파헤치던 저희들은 작은 나무 상자를 발견했습니다. 상자 뚜껑에는 비뚤비뚤한 글씨로 '오호장군'이라고 적혀 있었습니다. 호기심이 발동한 저희들은 점심시간을 이용해 그 상자를 열어 보았습니다. 그곳에는 일관성 없는 연장들이 잔뜩 들어 있었습니다. 빨간 페인트로 코팅된 너덜너덜한 막장갑, 유난히 모서리 끝이 뾰족한 제도용 T자, 많이 뭉뚝해지고 빛이 바랜 황금색 당구 큐대, 녹이 슬어 새빨개진 배관용 쇠 파이프, 자동차 정비에는 절대 쓰이지 않았을, 스패너를 강줄에 연결한 기묘한 모양의 타이어 렌치. 저희는 그것들을 바라보며 어리둥절해했습니다.
>
> "대체 누가 쓰던 물건들이야? 오호장군인가 하는 놈들 건가?"

　몇 년 전 모 일간지에서 여배우 L씨의 학력 위조가 화제가 된 적이 있었습니다. 고등학교 중퇴였던 그녀를 각종 인터넷 포털 사이트에서 버젓이 고등학교 졸업이라고 기재해 놓은 걸 문제 삼은 것입니다. L씨는 즉각 기자회견을 열어 절대 팬들을 속일 생각은 없었으며 기획사의 착오였다고 밝혔습니다. 당시는 여러 연예인들의 학력 위조 사실이 무더기로 들통 나던 시기라 아무도 그녀의 말을 믿으려 하지 않았습니다. 그러다 그녀는 모 여성 잡지와의 인터뷰에서 이렇게 눈물의 심경 고백을 하였습니다.

　"학교가…… 제가 다니던 학교가 폐교만 되지 않았더라도 전 반드시 학교를 졸업했을 겁니다. 돌아가신 엄마의 소원이기도 했는데…… 폐교되던 날 엄마 무덤가에서 약속을 지키지 못해 죄송하다고 펑펑 울었습니다."

　그녀의 안타까운 사연이 알려지면서 팬들은 그녀에게 면죄부를 주었습니다. 이후 L씨는 현재 방송특성화고로 바뀐 모교에 다시 들어가 남은 한 학기를 무사히 마치고 졸업장을 받았습니다. 그녀가 졸업하기 전 후배들을 위해 만들어 놓고 간 사물함은 지금까지도 학교의 명물로 남아 있다고 전해집니다.

-○○ 스포츠 연예부 기자와의 인터뷰에서

28 이야기의 끝

2008년, 잃어버린 10년을 되찾겠다며 들어선 새 정부는 출범 초부터 미국산 수입 소 파동과 독도를 둘러싼 일본과의 외교 분쟁, 대북 관계 악화, 현재까지도 악법 여부가 논란 중인 금산분리법과 신문방송법 개정 등으로 삐걱거리며 국민들의 원성을 샀다. 2009년 새해 초에 전투경찰의 과잉 진압으로 다섯 명의 철거민이 숨진 용산 참사는 결정타였다.

MB 정부 마지막 해에는 매봉산에서도 커다란 변화가 일어났다. 서당동 주민들의 야심찬 계획으로 들어선 서당초등학교가 고작 3년을 끝으로 사라진 것이다. 대신 그 자리에는 학교가 자리한 산의 이름을 딴 방송특성화고등학교가 들어섰다. 차기 교육감으로 당선된 진보 성향의 후보가 2008년 선거에서 아쉽게 패배한 J후보의 공약을 이행한 덕분이었다. 그렇지만 지금은 흔적도 없이 사라져 버린 옛 공업고등학교 학생들의 끈질긴 탄원과 모 주간지의 기획기사로 조성되기 시작한 여론이 새 교육감에게 힘을 실어 주었다는 것은 부정할 수 없는 사실이었다. 언제나 승승장구하였던 서당동 주민들이 처음으로 패배를 맛보는 순간이었다.

매봉방송고로 이름 붙여진 학교는 개교 2주년을 맞이하여 현재 사회적으로 크게 성공한 다섯 명의 선배들을 초청하는 특강을 열었다. 그로 인해 유명 카레이싱 팀의 정비 팀장과 대한민국 제일의 이동통신사가 후원하는 게임단의 프로게이머, 서울에만 세 곳의 체인점을 낸 횟집 전문 브랜드 경영자와 섹시 모바일 화보로 네티즌들로부터 큰 인기를 얻으며 조만간 영화계에 진출할 예정인 여자 모델 및 두 편의 영화에서 잇달아 큰 흥행을 거둔 액션 배우가 한자리에 모이게 되었다. 특강에 참석한 많은 학생들은 다섯 선배들과 이런저런 얘기들을 주고받으며 즐거운 시간을 가졌다.

그러다 특강 말미에 한 학생이 영화 배우 선배에게 질문을 하였다.

"근데 선배님들이 정말 전설의 오호장군이 맞으신가요?"

학생의 왼쪽 가슴엔 입에 여의주를 문 용이 승천하는 모습이 그려진 교표가 붙어 있었다. 질문을 받은 선배는 디자인만 약간 더 세련되어졌을 뿐 자신이 예전에 입었던 것과 똑같은 교복을 입은 후배를 보며 활짝 미소를 지었다.

"그때는 학교와 친구들을 사랑하는 모두가 오호장군이었어."

매봉방송고가 개교 2주년을 맞이하여 개최한 선배 초청 특강에는 학생들 외에도 많은 연예부 기자들이 자리를 함께하였습니다. 최근 열애설이 터진 영화배우 K씨와 모델 L양이 나란히 특강에 참석한다는 사실은 그들의 스캔들을 입증할 만한 좋은 기사거리였습니다. 그리고 기대대로 큰 특종을 낚을 수 있었습니다. 학생들 중 하나가 오호장군에 대해 물어보았을 때 K군과 L양의 동창인 프로게이머 J군이,

"사실 우리 다섯 명이 바로 오호장군이야."

라고 깜짝 발언을 하였기 때문입니다. 졸지에 다음 날 모든 신문의 연예 면은 전부 다음과 같은 기사들로 가득했습니다.

K군과 L양, 고등학교 시절부터 각별한 사이

−일간지 A 스포츠 P 기자의 연예 칼럼에서

외전(外傳) 끝나지 않은 이야기

J의 페이퍼
—외전에 들어가기 전에

이 작품을 쓰는 데 소설가 K씨의 수필집과 매봉방송고 학생들의 단편영화제 수상작을 많이 참고하였다. 그 외 부족한 부분은 많은 관계자들과의 인터뷰를 통해 보충하였다. 이러한 자료들을 바탕으로 초고를 막 탈고하던 무렵 오호장군 멤버로 한때는 10대들 사이에서 그의 이름을 모르면 간첩이라 불릴 정도로 큰 인기를 누리다 지난달 결혼 발표와 함께 은퇴한 뒤 현재는 전 소속 팀의 코치로 있는 프로게이머 J씨에게서 연락이 왔다.

"작가님, 저희들 소설은 완성되었나요?"

"예, 퇴고한 뒤 출판사로 넘길 예정입니다."

"그러세요."

　수화기 건너편에서 들려오는 J씨의 목소리엔 아쉬움이 잔뜩 묻어 있었다.

"무슨 일이십니까?"

"작품에 도움이 될까 해서 폐쇄했던 싸이홈피를 3년 만에 다시 열었거든요."

"싸이요?"

"제가 용공고 다닐 때 거기에다 일기를 썼어요. 물론 날마다 쓰지는 않았지만 제게 특별한 날이거나 기억할 만한 일들이 일어나면 거기에다 일기를 적고는 했습니다."

　J씨가 여기까지 말했을 때 이미 나는 마치 귀중한 보물을 손에 넣은 고고학자처럼 들뜬 마음을 감추지 못하고 자리에서 벌떡 일어섰다.

"제 아이디와 비번을 알려 드릴 테니 한번 들어가 보십시오. 아이디는……."

"일부러 전화까지 걸어 그런 귀한 정보를 알려 주셔서 고맙습니다. 덕분에 제 작품이 더욱 풍성해질 것 같습니다."

"아닙니다. 저희 같은 놈들을 작품으로 써 주신다는데……."

　J씨의 말끝이 살짝 흐려졌다.

"저희가 어디 책에나 나올 법한 놈들입니까? 공부는 안 하고 학교에서 허구한 날 싸움박질만 했는데."

"하지만 제가 만난 사람들 모두 당신들을 영웅으로 기억하고 있습니다. 그래서 저도 여러분 얘기를 작품으로 쓰기로 마음먹은 것이고요."

"책으로 나오면 저한테 꼭 알려주십시오."

"예, 일기는 잘 읽겠습니다."

통화를 끝내고 서둘러 인터넷에 접속해 그의 싸이홈피에 들어갔다. J씨는 그곳에 개설된 페이퍼에 이삼일 간격으로 자신의 일기를 올렸다. 조회 수는 꾸준히 세 자리를 기록하고 있었다. 그런데 아무리 드문드문 일기를 썼더라도 용공고 재학시절 3년이 담긴 것이라 하루 밤만에 다 읽기에는 무리인 방대한 양이었다. 결국 출판사에 최종 원고 마감 기한을 한 달 더 늦춰 달라고 사정한 뒤 그날 저녁부터 방 안에 틀어박혀 J씨의 페이퍼를 읽어 내려갔다.

예상대로 자료 조사와 인터뷰에서는 드러나지 않았던 숨겨진 에피소드들이 잔뜩 소개되어 있었다. 이것들만 따로 묶어도 책 한 권 분량은 너끈할 정도였다.

'책의 반응이 좋으면 이것들만 따로 묶어 후속편으로 내도 되겠는걸.'

순간 머릿속으로 이런 장삿속이 스치고 지나갔다.

일단 여기에서는 J씨의 500여 개에 달하는 페이퍼 중 몇 개를 엄선하였다. 기준은 며칠을 곰곰이 생각해 보았지만 결

국 조회 수로 정했다. 지금부터 소개할 것 외에 혹시 오호장
군의 더 많은 에피소드를 읽기 원한다면 이 책을 많이 사서
읽어 주시길 바란다. 그럼 나와 계약을 맺은 출판사 사장은
흐뭇한 미소를 지으며 나에게 후속작이 없는지를 물어 볼 것
이다. 나머지 에피소드들은 그때 공개하도록 하겠다. 기다릴
수 없다면 J씨의 싸이홈피를 들어가 볼 것을 권한다. 나의 부
탁으로 당분간 J씨는 계속 홈피를 운영할 것이라고 했으니 독
자 여러분들도 감상할 수 있을 것이다. 원문에는 많은 비속어
와 욕설, 인터넷 언어가 사용되었기에 독자들의 정서와 편의
를 위해 일부 단어와 문장을 고쳤다. 이로 인해 J씨의 싸이홈
피에 올라온 원문과는 다소 차이가 있음을 밝히는 바이다.

I 내일은 에이스 (2006. 7. 7)

남소고 야구부가 엊그제 동대문야구장에서 열린 대통령기 전국고교야구대회 32강전에서 강호 충암고를 꺾고 16강전에 올랐다. 남소고로서는 5년 만에 맛보는 전국대회 16강 진출이었다. 남소고 규칙상 16강부터는 수업 대신 야구장에 가서 응원을 할 수 있게 되어 있다. 활화산을 비롯한 남소고 녀석들은 누가 먼저랄 것도 없이 오늘 오후에 펼쳐질 경기에서 보여 줄 응원을 연습한다고 방과 후에도 운동장에서 난리 법석을 떨었다.

동소도 아니야 서소도 아니야 북소는 더더군다나 아니야

우리는 남소 자랑스러운 남소, 남소남소 파이팅 야~!

이런 촌스러운 응원 구호가 운동장 한복판에서 이틀간 시
끄럽게 울려 퍼졌다.

"우리도 응원하러 가야 하는 거 아냐?"

"그러게, 창수도 셋업맨으로 나올지 모르는데."

성혁이 어제 남소고 16강전을 응원하러 가자고 제안했을
때 다른 녀석들도 모두 찬성하였다. 사실 이웃 학교의 야구
시합에 응원을 갈 만큼 우리의 아량이 크지 않음에도 야구
장에 가기로 한 이유는 순전히 창수 때문이었다. 창수는 한
때 오호장군의 여섯 번째 멤버로 거론되기도 했던 용공고 학
생이었다.

창수는 지난달 말까지 나와 같은 학과에 다녔다. 나보다
쬐금 더 공부를 잘했지만 거기서 거기였다. 싸움은 나보다 쬐
금 못했지만 역시 거기서 거기였다. 그래서 리더인 성혁이 그
를 오호장군의 새 멤버로 넣으려고 하였다.

"그럼 우리 이름 바꿔야 하는데. 육호장군으로?"

지선이 이런 걱정을 했지만 창수의 합류를 반대하지는 않
았다. 그는 항상 바지 주머니에 조그만 짱돌을 한 무더기씩
넣고 다녔다. 그러고는 그걸 자신에게 덤비는 놈들에게 날렸
다. 여타 프로 야구 선수 못지않은 역동적인 투구 자세로. 그
걸 올해 남소고에 새로 부임한 감독이 우연히 보고는 야구부
에 들어올 것을 권유하였다. 오호장군과 남소고 야구부 사이

에서 잠시 고민하던 창수는 결국 남소고로의 전학을 선택하였다. 잘만 하면 억대의 계약금을 받는 프로 야구 선수가 되거나 못해도 야구부가 있는 안암동의 K대나 연희동의 Y대 같은 명문대에 갈 수 있다는 사실을 알게 된 창수 부모님의 강력한 바람에 의한 것이었다. 그렇지만 이제 막 야구를 시작하는 녀석이 과연 그렇게까지 될 수 있을지는 의문이다.

어찌 되었든 성혁의 제안으로 우리는 오늘 오후에 동대문 야구장을 가서 홈베이스 뒤편, 본부석 위에 있는 스탠드에 자리를 잡았다. 남소고 녀석들은 전광판을 중심으로 왼편의 외야 스탠드에 열과 오를 맞춰 앉은 뒤 시합 시작 30분 전부터 이틀간 연습했던 촌스러운 구호와 노래를 남발하였다. 상대는 멀리 안산에서 올라온 경기남공고여서 그런지 응원하는 학생들이 별로 없었다. 그래도 1루 스탠드 아래에 위치한 경기남공고 야구부 더그아웃 선수들은 별로 기죽거나 실망한 표정이 아니었다.

"어차피 경기남공고가 콜드게임으로 이기지 않겠어?"

우리 앞에 앉은 할아버지가 옆자리에 계신 다른 할아버지에게 말씀하셨다.

"남소고에도 고교 최고의 잠수함 투수가 있잖은가? 끝까지 지켜봐야 아는 거지."

"아냐 아냐, 그래도 이건 결과가 너무 뻔해. 올해 경기남공고를 꺾을 팀은 아무도 없어."

옆자리 할아버지의 핀잔에도 불구하고 친구로 보이는 다른 할아버지는 끝까지 지지 않고 대꾸하셨다.

그런데 사실 이 할아버지의 말씀이 전혀 틀린 건 아니었다. 경기남공고의 좌완 투수는 야구, 특히 고교 아마 야구엔 전혀 관심이 없던 나조차 그 이름과 얼굴을 알 정도로 유명하였다. 벌써 여러 프로야구팀이 그에게 관심을 보이며 다음 달 신인드래프트에서 1순위로 지명하려고 하였다. 그에 비하면 오늘 경기에서 그와 맞붙게 될 남소고의 언더스로 투수는 뛰어난 선수임에는 틀림없었지만 실력이나 지명도에서 한참 떨어졌다.

어제 우연히 네이트온에서 만난 창수는 이런 하소연을 하였다.

⃝ [내일은 에이스] 님과의 대화   ⊖ ⊡ ⊗

[내일은 에이스] 님의 말:
제길, 내일 우리가 싸우는 팀이 어딘지 알아?

[GoldenCue] 님의 말:
…….

[내일은 에이스] 님의 말:
경기남공고다, 젠장.

[GoldenCue] 님의 말:

앗, 혹시 고교 최고 특급 좌완이 뛰는…….

[내일은 에이스] 님의 말:

맞아.

[GoldenCue] 님의 말:

내일 응원 갈 거야. 오호장군도 죄다 가기로 했어.

[내일은 에이스] 님의 말:

오지 마라. 어차피 질 텐데.

[GoldenCue] 님의 말:

그래도 그게 아니지. 내일 너네 학교 애들도 전부 간다던데.

[GoldenCue] 님의 말:

말도 안 되는 줄 알지만 내일은 우리가 이겼으면 좋겠다. 그래야 3학년
선배들 이번에 대학 갈 수 있을 텐데.

|

[내일은 에이스] 님이 입력 중입니다...

사실 남소고 야구부 선수들은 지금 대회 우승을 바라보고
뛰는 게 아니었다. 8강, 8강까지만 올라가면 야구부가 있는 대
학에 체육 특기생으로 들어갈 수 있는 자격이 주어진다. 현재
드래프트 3순위 정도로 지명될 언더스로 투수 외 다른 3학년
선수들은 체육 특기생 자격으로 대학 야구부에 들어가지 않으

면 야구를 그만둬야 할지도 모른다. 그들에게 오늘 시합은 자신들의 야구 인생이 걸린 아주 중요한 경기였다.

이런 단단한 각오 때문인지 남소고 야구부는 콜드게임으로 패할 것이라는 할아버지의 예상을 비웃으며 8회까지 1대 1 팽팽한 접전을 벌였다. 이전의 여러 게임과는 달리 타선의 부진으로 경기남공고의 초특급 좌완 투수는 승리를 매듭짓지 못하고 지난 회에 투구 수백 개를 돌파하였다. 남소고의 언더스로 투수도 뜻밖의 호투에 힘입어 자신의 한계 투구 수를 진작에 넘겼음에도 마운드에 계속 우뚝 섰다.

그러나 8회 말에 경기남공고의 4번 타자에게 홈런성 2루타를 얻어맞자 남소고 감독님은 마침내 투수를 교체하셨다.

"야, 창수 나온다, 창수."

재덕의 외침대로 마운드에 새로 올라온 투수는 정말 뜻밖에도 창수였다. 창수를 마운드에서 보길 기대하며 응원을 가긴 했지만 사실 그럴 가능성은 전혀 없다고 여긴 나로서는 아주 놀랄 만한 일이었다. 아니 감독님은 이제 겨우 야구 경력 두 달인 저 녀석을 왜 올려 보낸 거지? 이유는 누구나 알 수 있을 정도로 단순했다. 남소고 언더스로 투수가 물러난 뒤 당연히 우투수를 내보낼 것으로 예상하고 우타자를 대타로 내보내자 이에 대한 맞불로 남소고 감독은 좌완인 창수를 올려 보낸 것이었다. 하지만 이런 큰 대회를 뛰어 본 적 없는 창수가 과연 잘할 수 있을까?

첫 타자를 삼진으로 돌려세우자 걱정은 순식간에 기대로 바뀌었다.

"자자, 창수야. 하나만 더 잡자. 여기서 잡고 9회에 역전시키는 거야."

외야 스탠드에서 한목소리가 되어 우렁찬 함성의 응원을 날리는 남소고 녀석들도 이런 규태 형의 심정과 마찬가지였을 것이다. 볼 속도 하나만큼은 경기남공고의 에이스 투수에도 결코 밀리지 않았다. 제구만 제대로 되어 포수 미트 한복판에 와서 꽂힌다면 능히 다음 타자도 삼진을 당하거나 배트가 밀려 내야 플라이로 죽을 것이다.

그러나 타자 몸 쪽에 날린 커브는 제구가 되지 않아 타자가 치기 딱 좋은 미트 바로 위쪽으로 들어오고 말았다.

딱 —

곧 배트에서 뿜어져 나오는 둔탁한 소리와 함께 창수가 날린 공은 남소고 학생들이 자리한 외야 스탠드 상공으로 날아갔다. 볼 것도 없다는 듯 경기남공고의 6번 타자는 두 주먹을 불끈 쥐고 그라운드를 돌았다. 스탠드로 떨어진 공은 아무도 잡지 않아 스탠드 바닥에서 아무렇게나 굴러다니고 있던 것을 응원단장 노릇을 하고 있던 활화산의 리더가 잔뜩 화난 얼굴로 경기장 안으로 다시 던져 버렸다.

경기남공고의 에이스 투수는 9회에까지 마운드에 올라 타자 셋을 간단히 아웃시키며 완투승을 거두고 팀을 8강에 올려놓았다. 팀의 패배에 제대로 역할을 한 창수는 펑펑 울음을 터트리며 더그아웃 밖으로 나갈 생각을 하지 않았다. 분명 외야 스탠드의 남소고 녀석들 중 몇 놈들도 같이 울었을 것이다. 활화산 놈들도 내가 지켜보고 있다는 것을 알면서도 눈가에 흐르는 눈물을 닦지 않았다.

"창수 말대로 응원 오지 말걸. 괜히 못 볼 꼴만 봤네."

이런 푸념을 늘어놓으며 오늘 우리 오호장군은 낮부터 떡촌 단골 떡볶이집에서 소주를 마셨다. 대학에 들어가기는 참 힘든 것 같다.

활화산의 모교 남소고에는 40여 년 전통의 야구부가 있다. 그러나 여태까지 전국대회 우승은 한 번도 차지하지 못한 무관의 제왕이었다. 물론 우승 목전까지 간 적도 여러 번 있었다. 대표적인 것이 1994년 청룡기 대회 결승이었다. 당시 남소고 학생과 선생들, 관계자들과 야구부 선수들은 학교의 우승을 따 놓은 당상으로 여겼다. 상대 팀으로 맞붙는 휘문고도 천안북일고, 서울고, 충암고, 신일고 등 기라성 같은 팀을 물리치고 결승에 올라올 정도의 실력 있는 팀이라는 건 알았지만 아무리 그래도 남소고에게는 아니 될 줄 알았다. 그러나 당시 휘문고에는 초특급 에이스 투수가 존재하고 있었다. 그는 한때 메이저리그에서도 활약하다가 현재는 D그룹 프로야구팀에서 주전으로 뛰고 있는 대단한 선수였다.

그 투수의 위력적인 투구에 눌려 0대 2로 패하면서 남소고는 이후 우승과는 인연이 없는 팀으로 전락하였다. 아니 16강에 올라가서 전교생들이 동대문야구장에 몰려가 응원을 벌이는 일조차 낯설게 되었다. 남소고가 자리한 신당동에서 동대문야구장까지는 버스로 고작 세 정거장밖에 안 되고 걸어서도 30분 안에 충분히 갈 수 있는 곳이었는데 말이다.

전통은 있었으나 명문은 아니었던 남소고 야구부는 중학교 야구부 시절 줄곧 더그아웃 벤치만 지켰거나 아님 생전 처음 야구를 하는 부실한 선수들만이 들어왔고 당연히 그것은 저조한 전국대회 성적으로 이어졌다. 프로 팀은커녕 8강에라도 들어야 주어지는 대학 체육 특기생 자격도 얻지 못해 야구 선수의 꿈을 접는 학생들도 부지기수로 생겨났다.

이러던 남소고 야구부가 매봉산에 오호장군이 결성되던 해부터 크게 달라졌다. 예전과 다름없이 중학교 야구부에서 별 볼 일 없었던 녀석들로만 모여 꾸민 팀이었는데도 5년 만에 전국 대회 16강전에 오른 뒤 다음 달에 열린 황금사자기 대회에서는 우승을 차지하며 세간을 깜짝 놀라게 하였다. 새로 부임한 감독의 공이 컸다. 그는 현역시절 아마와 프로에서 이름을 날리던 선수였거나 명성이 높았던 지도자는 아니었지만 유망주를 발굴해 내 키우는 데 일가견이 있다고 정평이 난 사람이었다.

황금사자기 대회 우승 공식인 '7대 2 법칙'——언더스로 투수가 7회까지 던진 뒤 창수가 나머지 이닝을 틀어막는다.——으로 창수는 프로와 대학 팀의 주목을 받는 유망주가 되었다. 창수는 우승 직후 기자와의 인터뷰에서 이렇게 소감을 밝혔다.

"지현이 형, 창배 형, 덕호 형, 구환이 형. 이제 형들 대학에 갈 수 있어. 거기 가서도 열심히 해야 돼. 그래서 우리 프로에서 꼭 만나자."

다음 해부터 창수는 졸업한 고교 최고의 언더스로 투수의 뒤를 이어 명실상부 야구부의 에이스로 활약한다. 그해 황금사자기 대회도 석권하며 이젠 남소고를 명문팀의 반석에 올려놓기에 이른다. 현재 한국 프로야구 최고의 좌완 세 명으로 늘 H그룹의 '괴물' 투수와 S그룹의 '신 괴물', 그리고 D그룹의 창수가 언급된다.

남소고 학생들이 합법적으로 땡땡이를 치기 위해 혹은 진정한 애교심을 발휘한 응원을 선보이기 위해 그토록 가고자 했던 동대문야구장은 2008년 여름, 용공고보다 두 달 앞서 자신의 존재를 세상에서 지운다.

―「내일은 에이스」 에필로그

Ⅱ 미드나이터스 (2006. 12. 11)

　　동대문운동장은 80여 년 역사를 자랑하는 야구장, 축구장
보다 이들 근처에 자리한 의류 아케이드로 더 유명한 곳이다.
매일 밤 잠을 잊은 쇼핑객들은 그곳으로 몰려가 저렴하면서
도 품질과 디자인이 좋은 옷들을 고르는 데 여념이 없다.

　　지난주부터 난 그곳에 있는 여러 쇼핑몰 중 하나인 '청대
문'이라는 곳으로 신문 배달을 나갔다. 재덕의 대타였다. 녀
석은 병원에 입원하고 계시는 할머니를 간호해야 했다. 지병
이 있는 할머니는 심심하면 쓰러지셔서 재덕의 심장을 놀라
게 하고는 한다. 무단으로 빠지면 지국에서 잘린다고 재덕이
가 하도 사정하기에 하는 수 없이 일주일만 재덕이를 대신해
신문을 돌리기로 한 것이었다. 다음 주엔 성혁이, 그다음 주

엔 규태 형이 돌아가면서 배달을 할 것이다. 늦은 잠이 많은 나는 알람 시계의 시끄러운 벨소리에도 제때 일어나지 못하고 첫날부터 지각하여 지국장님의 꾸중을 들었다. 그러나 일주일이 지난 지금은 제시간이 되면 내 몸이 알아서 벌떡 일어난다.

재덕에게는 다른 배달원과 달리 오토바이가 지급되지 않았다. 지국장의 차별이나 횡포는 아니었다. 오토바이를 탈 줄 몰랐던 재덕이가 한사코 오토바이를 사양했기 때문인데 지국에서는 대신 빨간색 레커를 지급해 주었다. 이른 새벽, 동대문의 밤거리를 오토바이를 타고 신나게 달릴 생각에 부풀었던 나는 급 실망할 수밖에 없었다. 내가 툭 하면 이런 볼멘소리를 하자 성혁이가 자신의 애마인 적토마를 빌려 주겠다고 하였다. 하긴 적토마를 타면 지국이 있는 광희동에서 동대문운동장까지는 눈 깜짝일 것이다. 그런데 그런 멋진 오토바이 뒤에 신문을 싣는다는 건 쪽팔리는 것을 떠나 적토마에게 너무 미안한 일이었다. 나는 내 애마인 21단짜리 MTB 자전거를 이용하였다.

하지만 곧 지국장이 재덕에게 조그만 레커 하나만을 주고 배달을 시킨 이유를 첫날 바로 알게 되었다. 청대문에 있는 구독자에게만 신문을 돌리면 되어서였다. 레커로 청대문까지만 오면 그때부터는 새벽 6시까지 운영하는 쇼핑몰의 에스컬레이터나 엘리베이터를 이용하면 되었다. 재덕은 오로지 그곳에서만 신문을 돌리기에 지국장은 오토바이를 못 탄다고 굳이 내치지 않고 배달원으로 쓴 것이다. 나도 다음 날부터는 자전거를 집에다 놓고 재덕이 쓰던 레커를 그대로 물려받아 사용하였다.

다른 신문사 지국 배달원의 배달 시간도 나와 비슷하여서 가끔 그들과 마주치면 인사를 주고받는다.

"재덕이 학생 그만둔 거야?"

"아니요, 할머니가 아프셔서요. 제가 이번 주까지만 땜빵하고 있어요."

"그래, 그 할머니 또 쓰러지셨구먼. 걱정이야, 걱정. 그래도 재덕이 학생 좋은 친구를 두었어. 피곤할 텐데 새벽에 대신 배달해 주는 친구도 있고 말이야."

재덕이를 잘 아는 듯한 J일보의 배달 아저씨는 이렇게 말씀하시며 혀를 끌끌 차셨다. 처음에는 청대문이 문을 닫기 직전에야 겨우 배달을 끝마칠 수 있었지만 일주일이 지난 지금은 새벽 5시면 일을 마무리하고 청대문 북쪽 광장으로 향한다. 누가 언제 정한 건지는 모르겠지만 그곳에서 여러 신문사 지국 배달원들이 모여 회식을 하면서 이야기를 나눈다는 걸 알았다. 회식이라고 해 봐야 컵라면에 삼각 김밥을 곁들인 정도에 불과했고 이야기도 지난날 있었던 일들을 서로 수다스럽게 떠드는 것에 불과했다.

"그래 이번에도 떨어진 거야? 2차 면접까지 통과했다며?"

"그게…… 임원 면접에서 떨어졌어요. 이번엔 붙을 줄 알았는데. 정말 요새 취업하기 너무 어렵네요."

"그냥 여기에 말뚝 박아. 경력 인정받으면 웬만한 직장인 못지않게 월급 받는다니까."

"그래도 미드나이터는 정말 싫네요."

"그래요 김씨. 아직 앞길이 창창한 청년인데 미드나이터가 되어서야 쓰겠어요."

그들은 자신들과 같이 한밤중에 일하는 사람들을 '미드나이터'라고 불렀다. 난 영어에 그런 단어가 있는 줄 알았는데 수철정보고 전교 1등에게 물어보니 그런 건 없다고 한다. J일보 김씨 아저씨에게 누가 지었느냐고 물어봤더니,

"아, 그거. 청대문 패션 DJ가 지은 거야. 그래서 그 친구가 하는 사내 방송 이름도 '미드나이터스'야."

라고 대답해 주었다. 아닌 게 아니라 청대문 안팎 여러 곳에 설치된 스피커에서는 배달을 하는 내내 감미로운 목소리의 DJ가 각종 안내 방송, 미아 찾기 방송, 어제 동대문운동장 인근 지역에서 벌어진 사건·사고들을 전하면서 중간에 DJ가 엄선한 곡이나 청취자의 신청곡을 틀어 주었다. 청취자는 청대문에 입주한 점포 사장님과 그들을 찾는 쇼핑객 들이었다.

가끔 배달원들은 재미삼아 1층 로비에 비치된 청취자 엽서에다 신청곡을 적어 넣었다. 어제는 L경제와 K해럴드를 돌리는 한씨 아줌마가 신청한 「무조건」을 들었다. 아줌마는 북쪽 광장에서 그 노래에 맞추어 어색하기 그지없지만 열심히 몸을 흔들며 춤을 추었다.

"아따 아줌마, 춤 잘 추시네."

"이래 보여도 내가 소싯적에 좀 놀았던 사람이야."

"그래 보이네."

다른 배달 아저씨들은 그걸 보며 신나게 박수를 쳐 주셨다. 박수를 안 친 건 나뿐이었다.

어제는 한씨 아줌마가 회식과 담화를 끝내고 집으로 가려고 하던 도중 나를 불러 세우셨다.

"내일 D일보 재구 총각이 그만둔대. 이렇게 만난 건도 인연인데 조촐하게나마 송별회를 해 주어야 하지 않겠어?"

"재구 형, 드디어 취직하셨대요?"

"응, 그것도 S그룹 비서실이래."

"이야 진짜 잘됐다. 올해도 그냥 넘어가나 했는데."

"그러니까 그런 줄 알고 내일은 좀 더 일찍 와."

"알겠습니다."

대학 졸업한 지 3년이 되도록 번번이 취업에 실패하고 늙은 부모님에게 용돈 얻어 쓰기가 미안해 할 수 없이 동대문

미드나이터가 되었다고 말하던 재구 형. 그 형이 내일이면 동대문의 새벽과 안녕을 고한다. 비록 만난 지 일주일밖에 안되었지만 현재의 별 볼 일 없는 처지에도 늘 웃음을 잃지 않았던 형이었다. 그 형이 이름만 들어도 알 만한 S그룹에 들어갔다니 마치 내 일같이 기뻤다.

그래서 오늘 새벽에 난 한씨 아줌마 말대로 30분 일찍 북쪽 광장에 도착하였다. 이미 많은 배달원 아저씨, 아줌마들이 초코파이 한 박스로 만든 케이크에 초를 꽂아 불을 붙인 뒤 내 바로 뒤에 나타난 재구 형을 맞아주었다.

"아니 뭐 이런 걸……"

재구 형은 쑥스러운지 연신 머리를 긁적이며 촛불을 끈 뒤 제일 먼저 초코파이를 하나 집어 맛있게 먹어치웠다.

"엽서 사연 하나 소개하겠습니다. 안녕하십니까? 저는 이곳 청대문에서 L신문을 돌리는 한말자라고 합니다. 저의 동료였던 홍재구 총각이 오늘로 미드나이터 생활을 마치고 다음 주면 번듯한 직장에 나갑니다. 재구 총각 보면 재작년에 먼저 세상을 떠난 큰아들 놈 생각이 나 안쓰럽기 그지없었는데 잘되어서 이곳을 떠나니 참으로 다행입니다. 그래도 이곳에서의 미드나이터 생활을 잊지 말고, 아무리 어렵고 힘든 일이 찾아와도 이곳 동대문운동장에서의 밤을 떠올리며 이겨 내길 바랍니다.

아, D일보의 홍재구 씨, 저 DJ Lee도 진심으로 축하의 말을 드립니다. 사장님들과 청대문을 찾아 주신 쇼핑객 여러분들도 홍재구 씨에게 축하의 박수를 보내 주십시오. 아, 박수 소리가 여기까지 들리는군요. 감사합니다. 그런데 한말자씨께서 신청곡을 적지 않으셨네요. 그래서 저 DJ Lee가 한 곡 엄선해 봤습니다. 체리필터의 「Happy Day」."

난 내가 말야 스무 살쯤엔 요절할 천재인 줄만 알고

어릴 땐 말야 모든 게 다 간단하다 믿었지

이제 나는 딸기향 해열제 같은 환상적인 해결책이 필요해

징그러운 일상에 불을 지르고 어디론가 도망갈까

찬란하게 빛나던 내 모습은 어디로 날아갔을까 어느 별로

작은 일에도 날 설레게 했던 내 안의 그 무언가는 어느 별에 묻혔나

스피커에서 DJ가 골랐다는 음악이 흘러나왔다. 늦은 밤에 어울리지 않게 밝고 경쾌한 곡이었다. 그런데 재구 형은 신나는 곡을 듣고 있음에도 주르륵 눈물을 흘렸다. 재구 형에게는 매일같이 찾아오는 이 밤이 지긋지긋했겠지만 막상 헤어지려니 너무 정이 들어 버려 아쉬웠나 보다. 아, 그러고 보니 나도 재덕이 땜빵 마지막 날인데. 내일부터는 성혁이가 나가는데. 재구 형과 달리 난 그 정다운 분들과 제대로 된 작별 인사를

나누지 못했다.

현재 S그룹의 전략기획실에서 과장으로 근무하는 D일보 배달원 홍재구 씨의 후임으로 온 사람은 재덕의 여친이 된 수민이었다. 현승의 페이퍼에서 언급한 구절을 빌리자면, 중학생이라 해도 믿을 정도의 앳된 얼굴에 피부는 유난히 하얗고 찰랑거리는 긴 생머리가 아름다운 소녀였다. 할머니의 병간호를 마치고 다시 청대문 신문 배달원으로 복귀한 재덕은 그런 그녀가 꼭 자신을 닮은 깜찍한 스쿠터에 신문을 실고 오는 모습을 보고 그만 반해 버렸다.

한 달 넘게 같은 구역에서 배달하며 서로 안면을 익힌 재덕과 수민은 북쪽 광장 대신 새로운 만남의 장소로 정한 중앙 광장 지하에 자리한 분수대에서 서로에 대한 많은 이야기를 나누며 우정을 키워 나갔다.

"넌 어쩌다 미드나이터가 됐어?"

"어머니는 어린 여동생들 버리고 도망가시고 아버지는 돌아가셔서 내가 졸지에 가장이 되어 버렸지 뭐. 넌?"

"나도 비슷해. 아버지가 실직하신 뒤 퇴직금은 고향 친구에게 사기 당하셔서 몽땅 날리고 지금은 당뇨병으로 누워 계시거든."

"근데 너 보기랑 다르게 오토바이 잘 탄다."

"오토바이가 아니고 스쿠터인데 뭘. 너도 힘들게 레커 끌지 말고 지국장님한테 오토바이 하나 달라고 해. 무면허라서 안 준대?"

"아니 타는 게 무서워서."

"뭐? 너 답지 않게 무지 겁 많다. 그럼 내가 내일부터 오토바이 타는 법 가르쳐 줄까? 아니 스쿠터구나."

"정말?"

"그래."

재덕은 배달이 끝나면 청대문 중앙광장 지하에서 열심히 스쿠터 타는 법을 배웠다. 수민의 친절한 설명으로 재덕은 점차 능숙한 솜씨로 그녀의 스쿠터를 몰게 되었다. 그리고 한 달쯤 지나던 어느 새벽녘, 그는 평소보다 한 시간 일찍 그를 광장 분수대에 초대했다.

"무슨 일로 이렇게 일찍 불렀어?"

"스쿠터 타는 법 알려준 데 대한 선물이야."

재덕은 뒤에 감추었던 작은 장미꽃 한 송이를 선물했다. 때마침 DJ Lee가 재덕의 신청곡을 틀어 주었다.

Can you hear the music playing (지금 흘러나오는 저 음악이 들리나요?)

Can you feel the rhythm swaying (신나는 리듬이 느껴지지 않나요?)

This is the sound of dreams come true (이건 꿈이 실현되는 소리에요)

And I can promise you that (난 약속할 수 있어요)

You are the one and only (당신은 내게 단 하나뿐인 사람이니까요)

And I'm the lost and lonely (난 길을 잃고 외로워요)

We're the perfect dream come true (우린 완벽한 꿈이 이루어지고 있어요)

And I can promise you that (난 약속할 수 있어요)

I hear real silly love songs in my heart (당신만은 향한 노래를 듣고 있다고)

It happens every time (당신을 볼 때마다)

when I see you (언제나 그래요)

It happens every time (당신을 생각할 때마다)

when I think of you (언제나 그래요)

It happens every time always magic when we meet

(우리가 만난 건 언제나 마법과 같아요)

Baby, down on Dream Street (내 사랑 꿈의 길로 가요)

　　　　　　　　-Gareth Gates의 「It Happens Every Times」 중에서

그리고 성혁에게 빌린 적토마에 수민을 태우고 곧게 뻗은 을지로 거리를 달렸다.

2008년 5월에 청대문은 자신의 이름을 지우고 새로이 케레스타 백화점으로 재탄생하였다. 심야까지 운영하는 종합 패션 쇼핑몰에서 백화점식 복합 쇼핑몰로 건물의 성격이 바뀐 터라 극장이

자리한 10층을 비롯한 일부 층을 제외하고는 밤 11시면 매장 문을 닫았다. 그래서 DJ Lee가 진행하는 심야논스톱 사내 방송 '미드나이터스'가 더 이상 스피커를 타지 못했다.

5월 둘째 주 화요일, 마지막 방송에서 DJ Lee는 끝내 터져 나오는 울음을 참지 못하고 목이 멘 목소리로 청취자들에게 고별 방송을 했다. 그날 중앙광장에는 쇼핑이 아닌, 그의 마지막 목소리를 듣기 위한 사람들로 가득하였다. 1998년 '거평프레야'로 시작해 '프레야타운' 등으로 이름이 바뀌는 와중에도 끝까지 살아남았던 '미드나이터스'는 '청대문'을 끝으로 역사 속으로 사라졌다.

재덕과 수민이 사랑을 속삭였던 지하광장 분수대도 케레스타 백화점 리모델링 공사로 인해 사라지고 이젠 그들에게 추억의 장소로만 남아 있다. 그러나 아직까지 현재 모습을 유지하는 것도 있었다. 바로 재덕이 배달하였던 C일보의 배달 구역이었다. 원래는 지국장이 재덕에 대한 특별 배려로 을지로 6가에서 청대문만 따로 떼어 그만의 구역을 만들어 주었다. 그런데 용공고가 폐교되면서 배달을 그만둔 재덕의 후임에게도 그 구역을 그대로 맡겼다. 수민에게서 오토바이 타는 법을 배웠던 재덕은 이제 굳이 레커를 끌고 다닐 필요가 없었다. 그래도 재덕은 그만둘 때까지 계속 청대문의 여러 점포에 배달될 신문을 자신의 빨간색 레커에 차곡차곡 실었다.

–「미드나이터스」에필로그

Ⅲ 눈물의 MP3 (2008. 4. 1)

캡틴파이브가 어제 아침 조회 시간에 건축과 교실로 쳐들어와서 성혁에게 도전장을 내밀었다. 지난달 버티고개에서 그토록 신나게 두들겨 맞고도 아직 정신을 못 차린 모양이다. 성혁은 우리 학교가 폐교될 거라고 약 올린 제롬을 혼내 주기로 한 모양이다. 한 달 뒤 응봉근린공원에서 한판 붙기로 약속하였다. 작년 12월에 독수리 오형제와 활화산, 아마조네스와 삼총사 녀석들이 한꺼번에 떼로 덤빈 이후 실로 오랜만에 그곳에서 재대결을 하게 되었다.

정부가 옥수동에서 뉴타운 사업을 시작한다고 하자 학교 아래에 자리한 많은 판잣집 주민들은 정든 집을 뒤로 하고 매봉산을 떠났다. 작년 여름 서울시교육청의 이전 명령에는

용케 살아남았지만 뉴타운 사업으로 매봉산 왼편에도 대규
모 아파트 단지가 들어서면 용공고도 별 수 없이 학교를 옮기
거나 그러지 못하면 폐교할 것이라는 소문이 파다했다. 그러
한 소문에 우리 학과 학생들 몇몇도 벌써부터 전학 갈 학교를
알아보고 있었다. 선생님들도 몸담고 있는 학교가 없어질지도
모른다고 생각하니 학생들을 가르칠 흥이 나지 않는 모양이
었다. 대부분 풀 죽은 모습으로 들어와 역시 풀 죽은 목소리
로 수업을 하시고는 종료 벨이 울리자마자 휭하니 나가 버리
셨다.

그러나 예외가 있었으니 그건 바로 우리 담임 선생님이었
다. 용공고 유일의 대학 진학반 담임까지 맡고 계시는 우리
담임은 자신의 전공인 국어 시간에 또 그 지겨운 일장연설을
하셨다.

"요즘 어디 실업계 고등학교 나왔다고 번듯한 직장에 취직
이 되는 줄 알아? 최소한 전문대는 나와야 들어갈 수 있다고.
그럼 전문대면 다 되는 줄 아느냐? 그게 아니란 말씀. 최소한
수도권에 있는 전문대는 나와 줘야 가능하다 이 말이야, 알겠
어? 자, 남들은 우리 학교가 꼴통들만 모였다고 흉보는데 내
가 보기엔 우리 학생들 전부 용이 되기 직전의 이무기들이야.
조금만 노력하면 다들 용이 되어 승천할 수 있어. 그래서 우
리 학교가 용공고 아니겠냐?"

차라리 어제 수업 시간에 못다 배운 「속미인곡」을 한 번 더 듣는 게 나을 듯했다. 작년부터 변함없이 국어 시간이면 늘어놓는 담임의 레퍼토리는 작년 수학여행지에서 기계과 여학생이 똑같이 흉내 낼 정도로 변함이 없었다.

"그래서 내일은 특별히 너희들에게 사랑의 매를 들기로 했다. 내일 나오는 모의고사 성적에서 등수 떨어진 녀석들은 각오하고 있어!"

담임이의 지겨운 설교에 몸이 나른해진 나는 살포시 잠이 들었다가 이 소리에 번쩍 깨었다. 아, 내일이 3월 모의고사 성적표 나오는 날이구나! 성적표를 볼 것도 없이 난 작년 겨울 방학 직전에 본 시험보다 전교 등수가 떨어질 것이 뻔하였다. 작년에는 모처럼 반에서 TOP 5에 들어 선생님과 부모님을 기쁘게 해 드렸지만 그건 내 뒤에 앉은 넘버원의 도움을 받은 덕이 컸다. 그 녀석이 자발적으로 도와 줬다기보다는 내가 몰래 앞자리에서 녀석의 시험지를 컨닝했다. 이번에는 녀석이 줄 맨 끝에 앉는 바람에 그 덕을 볼 수 없었다. 분명 내일 조회 시간이나 야간 자율 학습 시간 전에 선생님의 무지막지한 몽둥이에 내 엉덩이가 찜질을 당할 것이다.

선생님의 무기는 불행하게도 작년 초까지 내가 사용하던 금큐대 1호였다. 작년 봄 남소고 활화산이 저지른 '장충단 공원 기습 사건'에 분노한 우리 오호장군은 겁도 없이 연장을 들고 남소고 정문까지 찾아가서 마침 하교를 하던 활화산 놈들을 때려 주었다. 그런데 재수 없게도 마침 학교 축제 협조 차 남소고를 들르던 담임한테 딱 걸리고 말았다. 그 바람에 나와 1년 넘게 함께하던 비장의 무기를 그만 빼앗기고 말았다. 한때 내 것이었기에 그걸로 맞는 아픔이 얼마나 큰지를 잘 알았다. 나도 그 몽둥이찜질을 이길 재간이 없다.

어제 오후 우연히 방과 후 응봉근린공원에 들렀다가 거기서 멍하니 남산을 바라보며 생각에 잠겨 있는 수철정보고 전교 1등을 만났다. 녀석은 차기작을 구상 중이라고 말했는데 내가 보기엔 그저 졸린 나머지 눈만 뜨고 멍하니 앉아 있는 모습이었다.

내일 담임한테 맞을 걱정에 답답해진 나는 전교 1등 옆자리에 앉아 길게 한숨을 내쉬었다.

"무슨 일 있냐?"

그제야 구상 중이었거나 혹은 멍 때리는 것을 멈춘 전교 1등이 넌지시 물어보았다.

"모의고사 성적 떨어진 녀석들을 내일 담임이 팬대."

"떨어졌냐?"

"보나마나 그러겠지."

"대학에 관심 없다면서 그만 대학 진학반에서 나오는 게 어때?"

"그러고 싶지. 근데 그랬다간 아버지한테 맞아 죽을걸."

"떡촌에서 저녁 사면 내가 안 맞게 해 줄 수 있는 방법 가르쳐 줄 수 있는데."

"뭐, 정말?"

도저히 담임의 몽둥이질을 피할 길이 없는데 대체 전교 1등이 녀석은 무슨 수로 피할 수 있다고 배짱 있게 말하는지 궁금하였다. 설마 떡볶이만 얻어먹고 튀는 거 아냐? 하지만 감히 날 상대로 그런 간땡이 부은 짓은 하지 못할 것이다. 그럼 내 큐대가 가만있지 않을 테니까.

'이 자식, 정말 무슨 좋은 생각이 있긴 있는 모양인데.'

밑져야 본전이라고 여긴 나는 곧장 전교 1등을 떡촌으로 데리고 갔다. 한참 동안 신나게 떡볶이를 먹은 다음에야 전교 1등은 말문을 열었다.

"네 여친이 교실로 찾아가서 너희 담임을 만나는 거야."

"나 여친 없는데. 그리고 여친이 담임을 만나서 뭘?"

"여친이 이렇게 말하는 거지. 저를 만나느라 현승이가 공부를 소홀히 했습니다. 부디 저를 봐서라도 현승이를 용서해 주시고 정히 나무라시려거든 저부터 혼내 주세요."

"뭐?"

"담임이 설마 너희 로맨스를 모르는 척하실까?"

너무나도 어이없는 소리를 줄줄이 늘어놓는 전교 1등에게 화가 난 나는 그만 먹고 있던 숟가락으로 녀석의 머리통을 내리쳤다.

"아야, 왜 때려? 내가 차기작에 써먹으려던 거였는데."

"그래, 소설을 써라. 소설을 써."

어제 저녁 전교 1등은 나한테 무지하게 얻어맞았다. 싸움은 젬병이어도 가드 하나만은 매봉산 일대 최고답게 얼굴에 흠집 하나 없이 집으로 돌아갔다. 그런데 집으로 돌아오는 길에 계속 전교 1등의 어처구니없는 에피소드가 머릿속에 맴돌았다.

'밑져야 본전인데 한번 써먹어 봐? 어차피 맞을 거 뭐라도 해 봐야 하는 거 아냐? 근데 여친은 어디서 구하지? 당장 내일인데……'

이런 생각에 잠겨 단지 내로 들어오던 중 아리따운 여자 목소리가 들려왔다.

"오빠, 안녕하세요?"

고개를 돌려 바라보니 성혁과 같은 학과에 다니는 은식이의 여동생이었다. 녀석과 함께 장충단공원에 놀러온 동생을 몇 번 본 적이 있었다. 이상하게도 붉은 행당여고 교복을 입었을 때가 훨씬 예쁜 아이였다.

"학교에서 이제 오는 거예요? 혹시…… 오늘 오호장군 출동했어요?"

"아니. 넌 퍼렁지오에 웬일이야?"

"친구 집에서 놀다 돌아가는 길이에요."

"어, 그래? 그럼 또 보자."

"네. 안녕히 가세요."

갑자기 기발한 생각이 떠올랐다.

"잠깐만!"

난 뒤돌아서 가던 은식의 여동생을 멈춰 세웠다. 그러고는 좀 전에 떠오른 기막힌 생각을 들려주었다.

오늘 저녁 야간 자율 학습 시간. 담임은 예고한 대로 금큐대 1호와 모의공사 성적표 뭉치를 들고 들어오셨다. 벌써부터 몇몇 녀석들은 사색이 되었다.

"자 어제 말한 대로 성적 떨어진 놈들은 각오 단단히 해야 할 거야. 김형석! 앞으로 튀어나와!"

형석이는 쪼르르 앞으로 달려 나간 뒤 그대로 엎드려 엉덩이에서 불을 내뿜었다. 가느다란 비명과 함께. 뒤이어 호명된 학생들도 마찬가지였다. 그리고 마침내 올 것이 오고 말았다.

"야, 진현승. 어쭈 이것 봐라. 이놈이 제일 많이 떨어졌네. 그래, 너 오늘 내 손에 죽어 봐라."

손목시계를 푸는 담임 앞에서 내 얼굴은 흙빛으로 변해 갔다.

"이래 가지고 대학 들어가겠어?"

담임의 고함 소리와 함께 몽둥이가 날아오려던 순간 교실 앞문이 드르륵 열렸다. 그리고 은식의 여동생이 들어왔다. 절묘한 타이밍이었다.

"선생님, 제발 때리지 마세요."

걔는 담임 앞을 가로막으며 이렇게 눈물로 호소하였다.

"학생은 누구야?"

"전, 현승 오빠 여자 친구예요. 오빠, 공부 잘했었는데 저 만나느라 공부를 소홀히 해서 그런 거예요. 공부보다 제가 더 소중하다고…… 내가 그러지 말라고 그렇게 말렸는데……."

말끝을 흐린 다음 내가 어제 주문하지도 않았던 굵은 눈물까지 뚝뚝 흘리는데 담임뿐만 아니라 이 일을 시킨 나까지도 민망해 죽을 지경이었다.

"차라리 절 혼내 주세요. 그 매, 제가 대신 맞겠습니다."

"어허, 학생 왜 이러나?"

역시 전교 1등과 내 예상대로 로맨스까지는 몰라도 심성이 그리 모질지 못했던 담임은 불쑥 교실로 침입한 가녀린 불청객을 혼내지 못했다. 오히려 우리에게 자습을 시킨 다음 울먹이는 은식의 여동생을 친히 휴게실로 데리고 가서 달래기까지 했다. 그것으로 오늘의 매타작은 전면 중단되었다.

"야, 진현승. 저런 여친을 봐서라도 열심히 공부해 대학가야 할 거 아냐."

한 시간 만에 돌아오신 담임은 출석부 모서리로 내 머리통을 때리는 걸로 그날의 처벌을 마무리 지으셨다.

방금 전 나는 인터넷 쇼핑몰에서 자그마한 MP3 플레이어를 하나 구입했다. 또 아버지 체크카드로 몰래 결제하였다. 그런데 문득 그토록 훌륭한 연기를 선보인 그녀에게 이것만 주기엔 너무 미안하다는 생각이 들었다.

'휴, 그래도 이거 받고 내 여자 친구 역할 해 준다고 해서 다행이다. 덕분에 담임한테서 살아남았잖아.'

난 배송지에 은식이가 산다는 금호동 고모 집 주소를 기입하였다.

이 일이 있고 나서 얼마 후, 은식이 정보통신과 교실로 들어와 다짜고짜 현승의 멱살을 잡았다.

"좋은 말 할 때 내 동생이랑 헤어져."

반 친구들은 이런 은식의 대범한 행동에 기가 질려 아무 말도 하지 못했다. 지금 은식이가 멱살을 잡고 있는 상대는 바로 오호장군의 멤버 현승이었다.

"네가 어떻게 내 동생을 꼬셨는지는 모르겠지만 너 같은 놈이랑 어울릴 애가 아니라고."

"뭐, 나 같은 놈?"

“그래, 깡패 새끼야.”

그러고는 천하의 현승을 향해 주먹을 날렸다. 다들 이제 은식이가 현승이에게 묵사발이 되도록 얻어맞을 줄 알았다. 그런데 입가에 흘린 피를 닦으며 천천히 일어선 현승은 주먹을 날리는 대신 교실이 떠나갈 정도로 크게 웃기 시작했다.

“엊그제께만 찾아왔어도 너한테 순순히 맞았을 텐데. 니 여동생이랑 사귀는 거 허락해 달라고. 근데 오늘이라 네가 좀 맞아야겠다. 니 여동생한테 차였거든. 나 같은 깡패 새끼 싫다고. 그래서 지금 기분 꿀꿀하니까 어금니 꽉 깨물어라.”

현승이 쓰러져 있던 의자를 집어 든 순간 사색이 된 은식은 황급히 교실을 빠져나갔다. 현승은 녀석을 뒤쫓지 않았다. 현승은 사실대로 말할 수도 있었다. 그러나 은식이의 바지 호주머니에서 삐져나온 MP3 플레이어를 본 순간 그렇게 말할 수 없었다. 은식의 여동생은 잠깐 동안 현승이의 여자 친구가 되어 그의 교실에서 눈물 어린 연기를 한 덕분에 자기 때문에 고모 집에서 온갖 수모를 받으며 고생하는 하나뿐인 오빠에게 작은 선물을 해 줄 수 있었다.

한 달 뒤, 은식이 갑작스러운 사고로 죽자 그의 여동생은 학교를 그만두고 종적을 감춘다. 이후 학교 내에 그녀가 고모부와 나란히 산부인과에서 나오는 걸 봤다는 흉흉한 소문이 돌았다.

7년 뒤, 현승은 성혁의 결혼식장에서 그의 코디네이터가 된 그녀와 다시 재회하였다. 예전과는 너무 다르게 성숙미가 물씬 풍기는 그녀를 처음엔 알아보지 못하였다. 그저 예쁜 코디네이터를 둔 성혁이 부러울 따름이었다. 그러나 그녀의 목에 아주 오래된, 지금은 사라진 전자 회사의 MP3 플레이어가 걸려 있는 것을 보았다. 현승은 그게 무척 낯익었다. 아주 오래전에 그와 같은 것을 본 적이 있었다. 그는 조심스레 그 미모의 코디네이터에게 다가가 이름을 물어보았다. 그리고 오랫동안 그녀와 반가움의 악수를 나누었다.

–「눈물의 MP3」 에필로그

Ⅳ 약수고가차도 (2008. 7. 13)

7월 말 교육감 선거에 출마한 J후보는 자신이 당선되면 용공고 이전을 전면 백지화하겠다고 공약하였다. 공약 발표 이후 많은 친구들이 방학 중임에도 불구하고 학교로 몰려들었다. 이미 뉴타운 사업이 시작된 학교 주변은 굴착기가 열심히 삽질을 하며 판잣집들을 때려 부수고 있어서 어수선하였다.

친구들은 지하철역 앞이나 사거리, 아파트 단지 등으로 나가서 J후보를 교육감으로 뽑아 달라는 내용의 유인물과 전단지를 나누어 주었다. 다행히 각종 여론조사에서 J후보가 기호 1번인 전 교육감을 큰 격차로 앞서고 있어서 다들 보람을 느끼고 있었다. 학교를 살릴 수 있다는 희망이 친구들 마음속에서 조금씩 자랐다.

우리의 오호장군도 용공고 친구들과 행동을 함께하였다. 목포로 내려간다던 성혁과 재덕은 매일같이 약수 사거리에서, 다음 달에 결혼하는 규태 형은 장충단공원에서, 지선은 금호역 부근에서 자발적으로 J후보의 비공식 선거운동원이 되었다. 나는 점심과 저녁으로 그들에게 식사와 먹을거리를 제공했다. 물론 비용은 모두 내가 부담했다. 내가 그토록 대학에 들어가기를 염원하는 부모님들로 인해 나는 친구들과 함께 행동하지 못하였다. '대입 100일 전략반'이라는 입시학원의 종합반에 들어가서 저녁 늦게까지 책을 붙잡고 앉아 있어야 했다. 친구들에게 미안한 마음이 들었던 나는 대신 점심 저녁 시간에 잠깐 짬을 내어 학원에서 나와 먹을 것을 배달하는 것으로 그들을 도왔다.

오늘도 학원 앞에 위치한 도시락 가게에서 성혁과 재덕에게 줄 도시락을 주문하였다. 하얗게 샌 머리에 덥수룩한 수염이 인상적인 도시락 가게 사장님은 난처한 표정으로 말씀하셨다.

"어떡하나? 주문한 도시락은 시간이 좀 걸리는데. 30분 정도만 기다려 줄 텐가?"

점심이 좀 늦을지 모르니 다른 것을 사가도 좋겠느냐고 재덕에게 전화를 걸었더니 녀석은 이렇게 대답했다.

"야, 난 늦게 먹어도 좋으니까 도련님 도시락으로 먹고 싶다.”

친구가 하루 종일 땡볕 아래에서 고생하는데 먹고 싶은 거라도 먹게 해 줘야 할 것 아닌가? 오후 수업 전까지 들어가기에는 빠듯했지만,

“기다릴게요. 도련님으로 주세요.”

라고 사장님에게 말할 수밖에 없었다.

기다리는 동안 근처에 있는 놀이터 벤치에 앉아 담배 한 개비를 물었다. 그런데 우악스러운 손이 다가와 내 입에서 담배를 낚아챘다.

“누구야?”

도둑은 낚아챈 내 담배를 태연하게 자기 입으로 가져가더니 그대로 불을 붙이고 크게 한 모금 들이마셨다. 난 그 사람을 잘 알았다. 광희고가차도 아래에 있는 공터에 트럭을 세워 놓고 과일과 채소를 판매하는 전교 1등의 아버지이였다. 툭하면 그 녀석을 따라가 참외며 토마토며 수박을 얻어먹은 적이 많아 안면이 있었다.

“어린놈이 벌써부터 이런 것에 손을 대면 쓰나?”

그러나 아저씨는 나를 혼내려는 의도는 없었던지 계속 담배를 피우며 바로 앞 모래밭에서 뛰어놀고 있는 아이들만 쳐다보셨다.

“아저씨, 오늘은 장사 안 하세요?”

"장사? 휴. 오늘은 그냥 하루 쉬고 싶어."

"아저씨도 땡땡이 치고 싶은 날이 있으신가 봐요."

"맨날 들지."

"그럼 가끔 오늘처럼 좀 쉬세요."

"오늘처럼?"

바쁘고 힘든 와중에도 아저씨는 종종 광희고가차도 아래로 찾아가는 우리를 언제나 웃는 얼굴로 맞아 주셨다. 그런데 오늘은 하시는 말씀마다 전부 기운이 없어 보였다.

"아저씨 저 이만 가 볼게요. 애들한테 밥 갖다 줘야 돼요."

"방학인데도 고생이 많구나. 그래도 현승아, 너와 친구들이 하는 노력이 꼭 보답받지 못한다 해도 너무 실망하진 마라."

"아저씨 그게 무슨 말씀이에요?"

"J후보가 당선되지 못하고, 그래서 결국 학교가 없어지더라도 너무 낙심하지 말라는 얘기야. 그래도 너희들은 최선을 다했어."

"아저씨! 무슨 그런 심한 말을. 지금 J후보가 1위라고요, 1위! 후배들은 계속 매봉산 꼭대기에서 공부할 수 있을 거예요."

아저씨는 더 이상 말이 없으셨다. 난 기분이 나빴다. 아저씨는 J후보가 져서 용공고가 없어지기라도 할 것처럼 얘기하셨다. 나는 인사도 제대로 드리지 않고 그대로 놀이터를 빠져나왔다.

성혁과 재덕은 약수역으로 들어가는 계단 한쪽에 털썩 주저앉아 내가 사 온 도시락을 게 눈 감추듯 먹어 치웠다.

"맛있냐?"

"응, 이따 저녁엔 피자 사 와라. 갑자기 그게 먹고 싶다."

"너 갈수록 아주 뻔뻔해진다."

"재덕아, 현승이 그만 벗겨먹고 저녁에는 같이 모여서 소주에 삼겹살이나 하자."

"그것도 좋지."

재덕이 활짝 웃으며 말할 때 갑자기 시끄러운 확성기 소리가 약수역 계단을 타고 내려와 우리 귀에까지 전해졌다.

"뭐지?"

"다른 후보가 선거운동 하나 봐."

"걔들은 밥도 안 먹고 하나."

그동안 약수 사거리에는 주로 기호 1번인 전 교육감과 J후보 외에는 다른 후보와 그의 선거운동원들의 모습이 뜸하였다. 그런데 좀 전에 청구역 앞에서 기호 1번을 봤으므로 지금 확성기의 주인공은 분명 다른 후보일 것이다. 기호 1번은 자주 봤지만 다른 후보의 선거운동과 유세는 보지 못했던 나와 성혁과 재덕은 호기심에 밥 먹는 것도 중단하고 약수역 밖으로 나왔다. 그러고는 군중들이 잔뜩 몰려 있는 약수고가차도 아래로 다가갔다. 그러나 확성기에 대고 소리치는 사람은 다

른 후보의 선거운동원이 아니었다. 그는 '약수고가철거추진위
원회'라고 적힌 완장을 팔목에 차고 있었다.

"여기 모이신 신당동 주민 여러분 안녕하십니까? 전 이번
에 약수고가철거추진위원회 위원장을 맡은 사람입니다. 아시
다시피 신당동 주민 여러분들은 약수고가 철거를 간절히 원
합니다. 약수고가는 건물과 간판을 가리고 도시 미관도 심각
하게 훼손하고 있습니다. 이곳 약수 사거리는 지하철 3호선과
6호선이 교차하는 교통의 요지이면서 강북과 강남권의 요충
지인데도 고가도로에 눌려 제대로 발전을 이루지 못하고 있
는 실정입니다."

위원장이라고 말씀하신 확성기의 주인은 잠시 숨을 고른
뒤 말을 이어 나갔다.

"또한 고가차도 인근 건물은 40~50년 정도 되었고 단층
또는 2층 건물이 중심을 이루고 있어 현재의 미미한 상권을
살리기 위해서는 약수고가 철거와 함께 대대적인 상가 정비
가 필수입니다. 약수고가 철거는 주변의 대대적인 정비를 촉
발하는 계기가 될 것이며 약수시장과 주변 상업이 활성화되
는 촉매제가 될 것입니다."

또 한 차례 위원장의 말이 끝나자 이번엔 그를 둘러싼 사
람들이 일제히 우레와 같은 박수를 쳤다. 박수를 치지 않은
건 나와 성혁 그리고 재덕, 이 셋뿐이었다.

"교통 문제를 말씀드리자면 출퇴근 시 교통 정체는 주로 동호대교 남단과 장충체육관 앞에서 발생하고 있어서 고가차도와는 아무런 관련이 없습니다. 약수고가를 철거하면 차선이 더 넓어져서 신호 한 번으로도 통과가 가능할 것으로 보입니다. 그러므로 이 흉물스러운 신당동의 상징 약수고가차도는 반드시 철거되어야 할 것입니다, 여러분."

이번엔 환호성을 지르는 사람들도 나타났다.

"이에 신당 2동 주민들은 행복슈퍼 앞에서, 신당 3동은 약수시장, 신당 4동은 동아아파트, 장충동은 태극당 앞에서 고가차도 철거 캠페인에 참여하기로 결정하였습니다. 또한 광희동, 오장동 주민 여러분들도 광희고가차도를 없애기 위해 우리와 힘을 합치기로 하였습니다. 그러니 여기 계신 여러분들도 중구청과 서울시가 우리의 숙원인 고차차도 철거 계획안을 통과시킬 수 있도록 저희에게 힘을 실어 주십시오."

여기까지 말을 마친 위원장은 사람들의 박수를 받으며 연단으로 쓴 트럭에서 내려와 장충체육관으로 향하는 길로 올라갔다. 수많은 군중들이 위원장의 뒤를 따랐다.

"정말 이 고가차도를 없애려나 보네."

성혁이는 이게 무슨 상황인지 다 알고 있다는 듯 대수롭지 않게 말하였다.

"이제 와서 왜 이걸 없애려고 하는 거지? 그동안 잘만 이용했잖아."

좀 전 상황을 도무지 이해할 수 없다는 듯 재덕이 물었다.

"아까 한 말 못 들었냐? 건물과 간판을 가린다잖아. 그럼 누가 이 고가차도를 제일 싫어하겠냐?"

성혁이 거기까지 말하자 지금의 모든 상황이 이해되었다. 좀 전에 우리와 함께했던 사람들도 사실은 매봉산 판잣집을 때려 부순 사람들과 그다지 다르지 않았다. 그들도 판잣집을 없앤다고 할 때는 지역 발전과 미관을 명분으로 내세웠다.

"적토마 타고 장충단공원 갈 때는 이 고가차도가 짱이었는데. 신호에도 안 걸리고 말이야. 그나저나 저 난리를 보니 이것도 무사하진 못하겠다. 광희고가차도는 이미 없애기로 결정이 난 모양이던데."

"용공고처럼 이 고가차도도 지켜 주겠다고 나서는 사람이 없을까?"

"전교 1등 아버지? 거기서 장사하시니까."

내가 대수롭지 않게 한 말에 대한 재덕의 대답을 듣는 순간 좀 전에 학원 앞 놀이터에서 만난 전교 1등 아버지의 모습이 떠올랐다.

'아저씨 지금 놀이터에서 한가로이 땡땡이나 치실 때가 아니에요. 아저씨가 20년 동안 과일과 채소를 팔았던 곳이 없어지려 한다고요.'

용공고만으로도 벅차지만 저녁 술자리에는 전교 1등도 불러내서 고가도로 얘기를 나누며 대책을 강구해 봐야겠다. 녀석은 무척 똑똑하니 분명 아버지의 장사 터전이 허망하게 사라지는 걸 그냥 보고만 있지는 않을 것이다.

매봉산 일대에서 오호장군과는 다른 방법으로 이름을 날리던 녀석이 있었다. 그는 바로 수철정보고의 '전교 1등'이었다. 물론 그에게도 이름은 있었다. 그러나 그는 명찰을 잘 달고 다니지 않았기에 같은 학과가 아닌 이상에야 그의 진짜 이름을 알기는 힘들었다. 다들 '전교 1등'이라는 닉네임으로만 알았고 적어도 매봉산 일대의 고등학교 학생들에게는 그렇게 말해야 쉽게 녀석을 머릿속에 떠올릴 수 있었다. 본명으로 얘기하면 분명히 누구지? 하는 말부터 튀어나왔다.

이런 닉네임이 붙여지게 된 건 별명 그대로 수철정보고에서 전교 1등을 도맡아해서다. 그렇다고 중앙외고에서 흔히 볼 수 있는, 즉 학교 학원 도서관밖에 모르는 녀석은 아니었다. 경쟁자들이 한창 수업료가 몇십만 원씩 하는 고가의 입시 학원에서 밤을 낮 삼아 열공할 때에도 그는 달맞이공원이나 팔각정에서 여유롭게 소설책을 읽거나 삼총사, 신당동 시한폭탄과 같은 서클 멤버들과 어울리며 술을 마셨다. 전교 1등은 그게 다 풍류라고 했다.

그를 잘 모르는 사람 눈에는 그가 공부와 완전히 담을 쌓은 문제아처럼 보였을지도 모른다. 그러나 녀석은 매달 보는 모의고사에서 1등 아니면 취급도 하지 않는 수철정보고의 자랑이었다. 그래서 한 달이 멀다 하고 당구장이나 술집 등에서 선도위원에게 붙잡혀 와도 다음 날이면 반성문 한 장으로 학생 주임 선생님한테 용서를 받았다. 그는 정말 수철정보고 역사상 처음으로 서울대에 들어가는 졸업생이 될지도 몰랐다.

그로 인해 중앙외고 학생들은 성적이 떨어지면 담임한테 이런 잔소리를 들어야 했다.

"야, 수철정보고 전교 1등은 허구한 날 놀고도 니들보다 전국 등수가 높다. 걔가 천재인 거냐, 아님 니들이 바보인 거냐?"

중앙외고뿐만 아니라 다른 학교에서도 공부 잘하는 녀석들은 다들 집이 잘 살았다. 어느 날 전교 1등은 대현산배수지공원에서 오호장군과 함께 술을 마시다가 뻔하지만 나름 거창한 공식 하나를 발표했다.

전교 등수는 집안 경제력과 비례하여 오른다

좋은 학원에서 좋은 교재로 아무런 근심 걱정 없이 공부만 할 수 있는 학생만이 상위권 등수를 차지한다는 이 공식은 현재의 교육 현실에서는 완전히 들어맞음이 검증되었다. 그런데 정작 공식의 창시자는 언제나 자신이 만든 공식을 어겼다. 한 번도 학원을 다닌 적이 없었고 늘 학교 아래에 자리한 헌책방에서 교재를 구했다. 지지리도 가난한 집의 외아들이라 맘 편히 공부하지 못하고 홀로 계신 아버지와 함께 다음 달 집세를 걱정하는 것이 일상이었다. 그런데도 그는 그의 닉네임답게 행동하였다.

그래서 그는 참여정부 말부터 MB정부 초까지 매봉산 일대에서 고등학교를 다닌 학생들 사이에서 영웅으로 대접받았다. 그리고 아버지와 수철정보고 교장의 바람대로 서울대에 입학하였다. 중앙외고 전교 1등인 제시카보다 더 높은 수능 점수로 말이다.

전교 1등 아버지의 장사 터전이었던 광희고가차도는 2008년 8월에 결국 없어진다. 그래도 같이 없어질 뻔한 약수고가차도는 지금까지 살아남아 그 자리에 우뚝 서 있다.

–「약수고가차도」 에필로그

연표

1991. 3.	'용공고'의 전신 '옥수공고' 개교
2000. 9.	'옥수동 재개발 사업' 실시
2002. 6.	매봉산에 '남산빌리지' 아파트 단지 설립
2002. 8.	서울시가 남산아파트 단지를 중심으로 새롭게 '서당동'이라는 행정구역 편성
2002. 9.	서당동에 '중앙외고' 개교
2003. 3.	옥수공고, 용공고로 개명
2006. 3.	'오호장군', 용공고에 입학 '캡틴파이브', 중앙외고 입학
2006. 5.	'팔각정 전투', 성혁 혼자 수철정보고 학생 여덟 명을 물리침 성혁, 재덕, 규태, 현승 오호장군 결성
2006. 6.	'광희문 전투', 오호장군의 신당여실 폭력 서클 '아마조네스' 격파. 지선, 오호장군에 합류 '떡촌 대첩', 오호장군이 광희공고 폭력 서클의 '독수리 오형제'를 물리침. 매봉산 일대 최고의 폭력 서클로 인정받음
2006. 8.	제롬, 아이작, 제시카, 토비, 마이크 '캡틴파이브' 결성
2006. 9.	'1차 응봉근린공원 전투', 캡틴파이브가 수철정보고 폭력 서클 '달타냥과 삼총사'를 격파 '을지로 7가 대혈전', 독수리 오형제를 물리친 캡틴파이브

오호장군을 위협하는 라이벌로 인정받음

2006. 10.　'2차 응봉근린공원 전투', 오호장군이 캡틴파이브의 도전을 거

부. 넘버원 자리를 고수

2007. 4.　'장충단공원 전투', 남소고 폭력 서클 '활화산'이 오호장군과 용

공고 학생들에게 기습 공격을 감행

2007. 5.　'대현산배수지공원 전투', 오호장군이 달타냥과 삼총사를 격파

2007. 7.　서울시 교육청, 용공고에 이전 명령을 내림. 용공고, 이전 부지

마련 어려움으로 폐교 위기에 처함

2007. 8.　오호장군, 독수리파 부두목을 공격하지만 실패

2007. 11.　오호장군, 신촌 서대문파와 맞붙어 승리

2007. 12.　'3차 응봉근린공원 전투', 아마조네스·독수리 오형제·활화산·

신당동 시한폭탄·삼총사 등이 연합 전선 구축. 오호장군에게 도

전하지만 패배

2008. 2.　'버티고개 전투', 캡틴파이브가 한남동에서 오호장군에게 굴욕

을 당함

2008. 4.　오호장군, '은평구 뉴타운' 건설 현장 응징

'4차 응봉근린공원 전투', 오호장군과 캡틴파이브의 마지막 대결.

오호장군의 승리

신당동에서 대규모 집회 열림

2008. 6.　'옥수동 뉴타운' 사업 시작. 매봉산 판잣집들 전부 사라짐

2008. 7.　교육감 선거. 용공고의 존속을 약속하던 후보 낙선

2008. 9.	용공고 폐교. 오호장군 모두 매봉산을 떠나고 캡틴파이브가 No.1 서클의 타이틀을 차지함
2009. 3.	용공고 자리에 '서당초등학교' 들어섬
2010. 5.	'남산빌리지 2차' 단지 설립. 서당동으로 행정구역 재편
2012. 3.	서당초등학교 이전. 그 자리에 방송특성화고교 '매봉방송고' 들어섬
2013. 3.	오호장군 재회

청소년을 다룬 소설은 대개 '성장소설'의 외형을 지닌다. 그런 까닭에 다음과 같은 특징을 보인다. 주인공이 집안 문제나 사춘기의 방황으로 인한 내면적 고민이나 아픔을 지닌 평범한 학생들이다. 그 평범한 학생들은 자신에게 닥친 여러 사건들을 통과의례처럼 받아들이며 성숙한 인간으로 거듭난다.

물론 이것이 모든 청소년 소설을 대변한다고 말할 순 없다. 하지만 청소년 소설은 이렇게 써야 한다는 법칙이라도 있다는 듯 비슷하게 생긴 상당수의 작품들이 서점가로 쏟아져 나왔다는 것도 부인하기 어렵다. 나는 기존의 소설과 차별화된 이야기에 도전하고 싶었다.

당연한 말이지만 지금 청소년들은 예전의 아이들과 다르다. 일찍부터 수많은 미디어와 매체를 접하면서 정신적으로 성장해 왔다. 정치와 사회에 대한 관심의 깊이가 기성세대 못지않다. 촛불집회를 보라. 그러므로 이제 청소년 소설도, 이러한 아이들의 눈높이에 맞춰 사회 전반에 산재해 있는 부조리나 불평등에 대해 보다 적극적으로 다루어야 한다고 생각한다.

『옥수동 타이거즈』는 '빈부 차'와 '학벌 차'에 대한 이야기다. 부모·지역·학교에 따라 오늘이 결정되는 기이하고 부조리한 상황……. 부모·지역·학교에 따라 내일도 결정되는 무섭고 잔인한 세상! 이건, 많은 성장소설에서 하나같이 말하는 '개인의 내면적 성숙'으로 극복할 수 있는 문제가 아니라고 봤다. 내 이야기는 여기서부터 시작됐다.

2013년 봄

최지운

최지운

1979년 전남 여수에서 태어났다. 동국대 문창과를 졸업하고
서울과학기술대 문창과에서 석사 학위를 받았다. 2012년
《한국경제》 신춘문예에 『옥수동 타이거스』가 당선되며
등단했다.

옥수동 타이거스

최지운 장편소설

1판 1쇄 찍음 2013년 2월 22일
1판 1쇄 펴냄 2013년 2월 28일

지은이 최지운
발행인 박근섭·박상준
편집인 장은수
펴낸곳 (주)민음사

출판등록 1966. 5. 19. 제16-490호
주소 서울시 강남구 신사동 506번지 강남출판문화센터 5층 (135-887)
대표전화 515-2000 | 팩시밀리 515-2007
홈페이지 www.minumsa.com

ISBN 978-89-374-8659-3 (03810)